すべての幸福をその手のひらに

沖田 円

STARTS
スターツ出版株式会社

目次

すべての幸福をその手のひらに

はじまり

――チリン、
石畳の通りはざわめきに満ち、色とりどりの浴衣を纏《まと》った見物人が下駄《げた》を鳴らして練り歩く。
灯籠《とうろう》のあかり。わたあめの匂い。戦隊ヒーローのお面。りんご飴《あめ》の赤。
――チリン、
いつもとまるで違う景色を見せている町に、非日常への高揚感と共に、妙な胸騒ぎも覚えた。もう夏も終わろうというのに、買ってもらったばかりの朝顔柄の浴衣《ゆかた》には、じわりと汗が染みていた。
夜の空に花火が上がり、どこからともなく歓声がわく。
行き交う人々が足を止め顔を上げるのに合わせ、同じように通りの真ん中に立ち止まる。
――チリン、チリリン、
けれど、わたしの目は、花火を見てはいなかった。
頭を撫《な》でた手。笑う顔。そして、ねだって一緒に着てもらった浴衣の、帯の結び目。

嬉《うれ》しそうに花火を見上げる人たちの合間に消えていった背中を、じっと、ただじっと見ていた。

いつまでも、帰って来るのを待っていた。

ふたり、手を繋《つな》ぎながら。

志

「志《ゆき》、早くしないと遅れるよ」

一階から聞こえるお母さんの声に、スカーフを襟元に通しながら返事をする。部屋を出ようとして手ぶらだったことに気づき、床に転がっていた鞄《かばん》を慌てて引っ掴《つか》んだ。

階段を駆け下りていくと、玄関の前で、お母さんが腕を組んで仁王立ちしていた。げっ、と思ったけれど、お母さんが呆れ顔で見ていたのは休みボケのわたしではなく、同じく遅刻しそうになり急いで革靴を履いているお父さんだ。

「わたしはともかく、なんでお父さんまでぎりぎりなの？」

玄関が開くまでの間にスカーフをリボンの形に結ぶ。夏休みの間ほとんど制服を着なかったおかげで結び方のコツを忘れてしまっている。

「昨日、小説を読むのに夢中になっちゃって、夜更かししちゃってさあ」

「ふうん。なんて本？」

「ふたりとも、本当に時間ないんだから無駄口叩《たた》かない！」

ぴしゃりと言われ、お父さんと揃《そろ》って肩をすくめた。

「行ってきまあす」とどたばた出かける暑苦しいスーツの背中を見送りながら、久しぶりに履くローファーを下駄箱から取り出す。夏休み前よりどこか綺麗《きれい》になっている気がするから、お父さんが自分の革靴と一緒に磨いてくれたのかもしれない。

「ちょっとこっち向きなさい」

使い終わった靴べらを下駄箱の上に置き、振り返る。お母さんの手がリボンの歪《ゆが》みを直し、曲がっていたセーラーの襟をぴしりと伸ばした。

「よし、別嬪《べっぴん》さん。志、確か学校終わったらそのままバイトだったよね」

「うん。昼から入るから五時まで」

「お母さんは、今日は仕事が長引きそうだから、夜ごはんは先に何か食べててくれる？」

「わかった」

鞄を背負い、「行ってきます」と声を掛けて家を出る。

途端に突き刺さる日差しに、たまらず目を細めた。夏休みが終わっても夏はまだ終わっていないらしい。アスファルトの上の蜃気楼《しんきろう》に、めまいがしてしまいそうだ。

「うげ、日焼け止め塗り忘れた……」

独り言を漏《も》らしながら、遅刻しそうだったことを思い出した。

通学路を走り出す。鞄に付けた鈴が、涼しげにチリンと鳴った。

どうにか閉まる直前に校門をくぐり、始業のチャイムが鳴る前に教室に飛び込むことができた。

夏休み明け初日。久しぶりの教室は、一学期と変わらずクラスメイトたちの賑《にぎ》やかな声に満ちている。長い休みのあとでも特に何も変わっていないみんなの様子に、どこかほっとしながら席へ向かう。

「志、おはよ。間に合ったね」

汗まみれの制服を肌からはがしながら、窓際にある自分の席に腰かけた。それと同時に前の席の美寄《みより》が振り返り、わたしの机に頬杖《ほおづえ》を突いた。

「どうにかね、セーフ」

「龍樹《たつき》と、志が遅刻するかどうか賭けてたんだけど。志を信じてよかったよ。これでアイス一個ゲット」

「ちょっと、なんてことしてんの。わたしで遊ぶのやめてくれない?」

廊下側の席へ目をやると、苦い顔で笑いながら龍樹が手を振っていた。わたしにもアイスくれ、と口パクで伝え、龍樹がぎょっとしたところで、先生が教室に入って来た。

ばらばらに散っていたクラスメイトたちが席に着き、美寄も教卓へ向き直る。教室内のざわめきが、少しずつやんでいく。

二学期最初の出欠を取っている間、わたしは目の前にある美寄の髪を見ていた。地で茶色く、緩《ゆる》いウェーブのかかった髪は、長いのに暑苦しさを感じさせない。わたしも伸ばしてみようかなと自分のボブの毛先をつまんでみたけれど、わたしが髪を伸ばしたところで、美寄のような軽やかなロングヘアにはならないだろう。

誰にも聞こえないため息をついて、開けた窓の外を見る。

雲ひとつない空は、まだ真夏の空に見える。けれど、今日から九月になったのだ。また、九月がやって来てしまった。

「深川《ふかがわ》志」

はい、と気だるく返事をする。


二学期の初日は始業式とホームルームのみで終わる。始業式では校長先生からの、ホームルームでは担任からのありがたいお言葉を、それぞれ寝ぼけまなこで右から左へと聞き流していたら、あっという間に午前中が終わってしまった。

持って来た課題を提出し終え、すっきりすっからかんになった鞄に筆箱とスマートフォンを投げ入れる。

「志、今日バイトだっけ」

「うん。一時から」

「そっかあ」

午後から部活動があるクラスメイトたちが昼食の準備をしている中、部活に入っていない美寄はわたしと同じく帰り支度をはじめていた。

「じゃあランチ行ってたら間に合わないね。志と行きたいとこ見つけたんだけど」

「ごめん、お昼は店のバックヤードで食べるつもりだから。また今度ね」

「はあい、りょーかい」

地元からこの高校へ通っているわたしと違い、隣の市からやって来ている美寄は、けれどわたしよりも遥《はる》かにこの町の名店や観光スポットについて詳しかった。美寄いわく、外の人間だからこそ敏感なのだとか。地元民にとっては当たり前になってしまっている景色でも、すべてが新鮮に見え、気になってしまうらしい。

「仕方ないから今日は龍樹でも誘うか。アイスもおごってもらわなきゃいけないし」

美寄が立ち上がり、軽やかに鞄を肩に掛ける。

「あ、アイスはわたしも欲しい」

「じゃあそこのコンビニ寄ってく？　バイト先まで食べながら行けば？」

「そうしよっと」

とふたりで決めていたら、ちょうどいいタイミングで龍樹がわたしたちの席までやって来た。

わたしや美寄と同じくどこの部活にも所属していない龍樹は、すでに帰る準備万端といった様子で、無駄に大きなリュックサックを背負っている。

「よっ、おふたりさん、帰ろうぜ」

「志は今日バイトだって。でもそこのコンビニまでは一緒に行くから」

「龍樹、アイス、わたしと美寄の分よろしく」

「げ、覚えてたのかよ。てか、なんで志のまで……」

顔をしかめながらも決して嫌と言わないあたり、龍樹の人の好《よ》さを実感する。老舗《しにせ》の御曹司だというのにこんな感じできちんと商売をやっていけるのだろうか、と少し心配になったけれど、おごるのをやめると言われたら困るので特に何も言わないでおいた。

「あ、そういえば、美寄の浴衣、来週には仕立て上がりそうなんだけどさ」

クラスメイトたちに挨拶をし教室を出たところで、一歩先を歩いていた龍樹が振り返る。

「まじ？　頼んだのこの間じゃん。そんなに早くできるの？」

「もう浴衣の注文のピークは過ぎてるからな。できたらすぐに取りに来るだろ？」

「行く行く！　当然！　超楽しみにしてるんだから」

美寄の買う浴衣を一緒に選んだのは、夏休み終了間際のつい三日前のことだ。終わらない宿題を協力し合って終わらせるために龍樹の家に集まっていた時、突然、新しい浴衣が欲しい、と美寄が叫んだため、急遽《きゅうきょ》宿題を放って、呉服屋である龍樹の家で反物選びをはじめたのだ。

悩みつつも選んだ白地になでしこ柄の反物は、和風美人の美寄にぴったりだった。浴衣に仕立て上げられたものならもっとよく似合うだろうし、美寄なら品良く着こなすだろう。

「ねえ、取りに行く日、わたしも行けたら行っていい？」

「もちろんだって。お互いのバイトがない日に行こ」

「じゃ、とりあえず、できたらすぐに知らせるからな」

はーい、と美寄が元気よく返事をし、蝉《せみ》の鳴き声の届いて来る廊下を昇降口まで並んで歩いた。

美寄と龍樹とわたし。

龍樹は小学校からの付き合いで、美寄とは今年高校に入学してから出会った。異性である龍樹とも、会ったばかりの美寄とも不思議と気が合い、学校の中でも外でも多くの時間を一緒に過ごしている。気が置けない仲というのはわたしたちみたいなのを言うのかもしれない。ふたりといると気楽に、何気ない日々を送ることができた。

だからわたしはこうして今日も、いつもと変わらない今日を送っている。

毎日を、ごくごく平和に、極めて普通に生きている。


わたしが働いているカフェは、学校からも家からも近い、町の本通りの端っこにある。

かつて〝青見城《あおみじょう》〟というお城があり古くに栄えたこの青見町《あおみちょう》の中で、城跡に近い本通りは、今も昔ながらの町並みがそのまま残る貴重な地区だ。観光客も多く訪れる古き良きこの城下町には商店が多く建ち並び、創業百年を優に超える老舗もあれば、空き家となった古民家を再生させてはじめた店も数多くある。わたしのバイト先はこの辺りではまだまだ新米の創業七年、後者であるリノベーション物件のひとつだった。

ソーダ味のアイスを齧《かじ》りながら石畳の通りを進み、和モダンな暖簾《のれん》のかかった町家《まちや》の脇に回って裏口から中へと入った。狭いバックヤードで腹ごしらえをしてから、学校の制服を脱いで仕事着へと着替える。黒地に差し色で臙脂《えんじ》が入ったノーカラーのシャツと、黒のスラックス。そしてシャツのポイントと同じ臙脂のロングエプロン。バックヤードの姿見で身だしなみを整えてから、シフト開始の五分前に店に立った。

店は主に、オーナーと奥さんのふたりがメインで回している。わたしの他にもバイトやパートさんがいるけれど、小さい店なので人数は少なく、勤務時間もほとんど被ることはなかった。

店内の客席はテーブル席が六組と、半個室の座敷がひとつ。常に満席になる土日と違い、平日の昼間はそこまで混み合うことはない。

キッチンに立つオーナーと、客への応対をする奥さんの双方をサポートする形で、わたしは配膳や片付け、接客などの仕事をこなしていく。

この店で働きはじめて約五ヶ月。完璧にとは言えないまでも、ようやく与えられた仕事を一人前にこなせるようになってきた気がする。

ずっと、高校生になったらバイトをしようと決めていた。特にお金が欲しいわけでも、社会勉強をしたいだなんて立派な理由があったわけでもなく、ただなんとなくそうと決めていただけなのだけれど。今になって考えると、時間を潰せる方法を探していたのかもしれないとも思う。ひとりで考え込むような暇のない、不自由で忙しい時間が欲しかった。

「ねえ志ちゃん、次のシフトのことなんだけど」

十五時過ぎ、お客さんの流れが途切れたタイミングでオーナーに声を掛けられた。

「なんでしょうか」

「この前、希望を提出してくれたでしょ？」

「あ、はい。何かありました？」

「ううん、こっちに不都合は何もないんだけどさ、青見祭りの日になんの希望も出てなかったから、いいのかなって」

　カウンターから身を乗り出すオーナーに、空いたテーブルを片付けながら答える。

「大丈夫ですよ。何時から何時まででも出られます」

「そう？　なら助かるよ。ここら辺の子たちってみんなお祭りに遊びに行くでしょ。うちも毎年バイトの子たちって、気を利かせて休みまではしなくても、時間帯の希望を出すからさ。志ちゃんはいいのかなって確認したかっただけなんだ」

　毎年、九月の第四日曜に行われる青見祭りは、四百年以上前から続くらしい青見町伝統のお祭りだ。町中を山車《だし》が練り歩き、夜になれば盛大な花火も打ち上がる。至るところに屋台が立ち並び、小さな町に、数万人の観光客が訪れる。

　中でもひと際賑わうのがこのカフェのある本通りだった。山車の集結する青見神社が近いため、絢爛《けんらん》豪華な山車を近くで見ようと人が集まり、石畳の通りの上を、鮮やかな浴衣姿の人々が夜更けまで埋め尽くす。祭りの日は、日常とは違う夢のような一日となる。

「わたし、もう何年も祭りには行ってないんですよ」

空のお皿を載せたトレイをカウンター裏のシンクへ運び、溜《た》めていた他のものと一緒に洗った。皿洗いは一番得意な仕事だ。

「今年も行くつもりはないので、当日はしっかり働きますから」

「……そっか」

手元を見ていたからその時オーナーがどんな顔をしたのかはわからない。けれど、ほんの少しだけ返事に間が空いたのに気づいた。

「わかった。じゃあよろしく頼むね」

「はい」

もしかしたら、わたしが祭りに行かない理由について、オーナーは薄々感じとっているのかもしれない。気づいているにしてもいないにしても、わざわざ言うようなことでもないから、訊《き》かないでいてくれるのはありがたかった。

「あ、そういえば！」

と突然声を上げたのは奥さんだった。

やけににこにこした顔で駆け寄ってきた奥さんは、内緒話でもするようにカウンター越しに顔を近づけた。

「志ちゃんに教えてあげなきゃいけないことがあったのよ」

「わたしに？　なんですか」

「実はね、今日志ちゃんが出勤する少し前に、すっごいイケメンのお客さんが来たんだよね」

秘密めいた仕草のわりに、奥さんの声は大きかった。

わたしは流しっ放しだった蛇口を閉め、らんらんと輝く奥さんの目を見つめた。

「……それで？」

「ん？　それだけだけど」

「えっ！」

「だって本当にイケメンだったんだもん。爽やかな感じのさ。ねえ、そうだったよね」

奥さんがオーナーに話を振る。というか、旦那さんの目の前でこんな話をしていいものなのだろうか。と思ったのだけれど、思いがけずオーナーも前のめりでこの話に乗ってきた。

「うん。背もすらっと高くてね、好青年ふうだったよ。大学生かなあ。この辺りじゃ見かけない子だったよね」

「でもでも、観光客って感じでもなかったよ。だからまた来てくれるかもしれないじゃない」

「そうだといいけどねえ」

はしゃぐオーナー夫妻に苦笑いしながら皿洗いを再開させると、いつの間にかカウンター内に回って来ていた奥さんが、自分の肩をわたしの肩にこつんとぶつけた。

「次は志ちゃんも会えるといいね。ていうか、絶対に志ちゃんにも会わせてあげたい」

わたしの洗ったお皿を奥さんが布巾《ふきん》で拭《ふ》いていく。

「なんでですか。なんです、その強い意志」

「だって志ちゃんもイケメン好きでしょ」

「それはそうですけど」

イケメンとどうこうなれる気はしないけれど、目の保養とする分には、そりゃ嫌いではない。それにふたりがここまで言う〝イケメン〟とやらがどの程度のものなのか、興味がないわけでもない。

ただ、あまり期待はしないでおこうと思う。イケメン度合いについても、会えるかどうかについても。

「人生にはね、癒《いや》しってもんが必要なのよ」

奥さんがしみじみと呟《つぶや》く。

わたしは最後の一枚の泡を洗い落とし、きゅっと蛇口を閉めた。

「癒し、ですか」

「そうよ。心の拠《よ》りどころってやつよ」

自分の言葉に頷《うなず》きながら、奥さんは、湿った食器用の布巾をまるでその心の拠りどころであるかのように胸に寄せ、うっとりと微笑む。

「それさえあれば、どんなことでもできちゃったりするような、ね」


十七時ちょうどにバイトを終え、着替えを済ませて店を出た。

スマートフォンに美寄からメッセージが届いている。開くと、龍樹との変顔写真が送られて来ていた。

『バイトおつかれさん。また明日学校でね』

信号待ちで立ち止まっている間に返事を打つ。

『今バイト終わったとこ。美男美女。眼福《がんぷく》』

信号が青になったので、スマートフォンを鞄にしまって歩き出した。今の季節、この時間の空は明るく、学校とバイトを終えても、まだまだ一日が続くような気分になる。

どこか寄り道でもして行こうかとも考えたけれど、結局、真っ直ぐ家に帰ることにした。

バイト先から家までは歩いて十五分ほどしかかからない。それでも、この短い距離で景色はがらりと変わってしまう。

風情ある昔ながらの町並みの本通りと違って、わたしの住む地域はごくごく普通の住宅街だ。道路はアスファルトで舗装され、立ち並ぶ家々はさして古くも新しくもない特徴のないものばかり。程よく静かでここ数年は大きな事件もない、至って平凡な町だ。

わたしは四歳の時にこの町へ引っ越してきた。前の家の記憶はほとんどないから、この町がわたしにとってのふるさとであり、この町だけがわたしの帰る場所だった。

十七時半。

家に向かう最後の十字路を曲がり、残り数十メートルの直線を歩いていく。

すると、人通りのない道に、誰かが立っているのが見えた。

辺りを見回しているわけではなく、かといってスマートフォンなどをいじっているわけでもなく、ただ何かを待っているかのようにじっとその人は立っている。

少し身構えつつも、その人のいる辺りにわたしの家があるため、向かっていかないわけにはいかなかった。左手で肩に掛けた鞄の紐《ひも》を、右手でポケットに入れたスマートフォンをきつく握りながら、できるだけ足音を立てずに歩いていく。

鞄の鈴が控え目にチリンと鳴る。

しかし、途中で思わず足を止めてしまった。その謎の男――立っていたのは若い男の人だった――がいるのが、わたしの家の目の前だったからだ。

「……」

男の人はいまだわたしに気づかずに、うちの塀に寄りかかりながらぼうっとどこかを見ていた。

どうしようかと悩んだけれど、わたしまでいつまでも道に突っ立っているわけにもいかない。意を決し、一歩二歩と近づいて、我が家の門の前で足を止めた。

「あの、うちに何か用ですか？」

声を掛けるとその人はようやくわたしに気づいたようで、はっとしてこちらに振り向いた。

年齢でいえば、二十歳前後だろうか。背が高く、この辺りではなかなか見かけないほど整った顔立ちをしていた。女子受けする顔だ。随分モテそうなお兄さんだなと、不躾《ぶしつけ》にご尊顔を眺めながら思った。

そしてその人も、なぜかまじまじとわたしのことを見ていた。お互いに見つめ合い、しばらく奇妙な時間が流れたあと、男の人はふいに我が家を――築十四年になる一軒家を見上げた。

「ここって、深川さんち、だよね」

表札にもそう書いてあるけれど、念を押すようにその人は訊《たず》ねる。

「……そうですけど」

「だったらもしかして……志？」

男の人は、わたしの名前を口にした。

思いがけないことに一瞬体をこわばらせた。けれど、わたしの名前を呼んだ響きと、そしてよく見るとどこか残る面影に、ふいにいつかの記憶がよみがえる。

「……司《つかさ》くん？」

眉をひそめながら、懐かしい名前を呼んだ。するとその人——司くんは、不器用に苦い顔で笑ってみせた。

「久しぶりだな」

「びっくりした。本当に司くんなの？」

「ああ。志こそ、もう高校生なんだな。全然わかんなかったよ」

「なんで、ここにいるの？　アメリカに行ってたんでしょ」

この近くに住んでいた司くんは、七年前、お父さんの仕事の都合により家族でアメリカへ引っ越していった。わたしは小学三年生、司くんは中学一年だった。よく覚えている。

「先週帰って来たんだ。親父の向こうでの仕事が終わって日本に戻るって言うから、おれも一緒に。両親は前の家に暮らしてるけど、おれはこの近くにアパートを借りてひとりで住んでる」

司くんはそして、もう一度わたしの家を見上げた。

「瑛《あきら》は」

訊かれて、わたしはくちびるを閉じたまま首を横に振る。

「そうか。瑛はまだ、帰ってないのか」

掠《かす》れた声でそう呟いた横顔を、わたしはじっと見ていた。やっぱり、この人は司くんだ。成長して大人びた顔つきになっていても変わらない。この表情を……寂しさと後悔に満ちたこの表情を、司くんが引っ越すまで、わたしは何度も見ていた。

葉山《はやま》司。

わたしの昔の知り合いで、でも決して、仲が良かったわけではない。どちらかと言えばお互いがお互いを邪険にしていたはずだ。司くんと仲が良かったのは、わたしではなく、わたしのお兄ちゃんだった。

司くんはわたしのお兄ちゃん——深川瑛の、親友だった人だ。


「おじさんとおばさんは元気？」

キッチンでふたり分のアイスコーヒーを淹《い》れている最中、司くんはリビングのソファに座り、久しぶりに来たうちの中を眺めていた。

リビングの様子は司くんが知っている時とそんなに変わっていないだろう。テレビボードの上に液晶テレビ、部屋の中央にソファとテーブルがあって、奥には黒のアップライトピアノを置いている。

「元気だよ。ふたりとも仕事で、今日は遅くなるって」

「相変わらずか」

「そうだね。司くんが帰って来たって言ったら喜ぶと思う」

少し距離を空けて、わたしもソファに座った。テーブルに置いたグラスの中の氷がぱきりとひび割れる。

七年振りに会った顔見知りは雰囲気が変わっていた。それでも、改めて見てみると、はっきりとした目鼻立ちや少し癖のある髪は、確かに記憶の中の司くんと同じだった。ただ、中身は昔よりもずっと大人びて、随分落ち着いている。だからこそ彼が司くんであると、すぐには気づかなかったのだと思う。

お兄ちゃんと仲が良かった司くんは、うちに遊びに来ることも多く、妹であるわたしともほぼ毎日顔を合わせていた。

あの頃、わたしは司くんのことが好きではなかった。お兄ちゃんに遊んでほしいのに、なぜかいつもお兄ちゃんと一緒にいる邪魔な奴。それがわたしの司くんへの認識だ。

そしてそれは司くんも同じく。親友とふたりで遊びたいのにちょこまかと後ろをついて来る邪魔な親友の妹。隠すことなく敵意を向けて来る司くんと、わたしはお兄ちゃんを賭けての攻防戦を顔を合わせるたびに繰り広げていた。

そんなわたしたちの間で、いつもお兄ちゃんは笑っていた。

「志は今、高一か」

アイスコーヒーを半分ほど飲んでから、司くんが口を開いた。

「そうだよ。司くんは、今年で二十歳だっけ。大学生?」

「いや、向こうで大学に行ってたけど、こっちで入り直そうと思って、受験の準備してるとこ」

「ふうん。大変だね」

こちり、こちりと時計の針が鳴る。

お互い顔を見ないまま、少しの間、無言の時間が続いた。

わたしは発する言葉を探ってしまっていたのかもしれない。けれど、今さら、そんなものは無意味だと気づいてしまった。司くん相手に……わたしの家に自らやって来た司くんを相手に、何を躊躇《ちゅうちょ》することがあるだろう。

「ねえ司くん、何しにうちに来たの」

隣に目を向け直球で訊ねた。

重い瞬《まばた》きのあとで、司くんもこちらを向いた。

「瑛に会いに来たんだ」

返って来た答えも単純で、わかりきったものだった。

「……あのさ、お兄ちゃんが帰ってないのなんて最初からわかってたよね。もしも帰って来てたなら、司くんがどこにいたって、一番に伝えるに決まってるんだから」

「そうだよ。それでも、確かめたかった。もしかしたら帰っているかもしれないって思わずにはいられなかったから」

司くんの視線がリビングの中を移動する。その先には、いくつもの写真立てが置いてある。

飾られた写真には、家族のものや友達同士で撮ったもの、様々あるけれど、そのすべてにお兄ちゃんが写っていた。

一番新しいものが七年前に撮った写真。中学一年生。今のわたしよりも年下のお兄ちゃんがそこにいる。

わたしのお兄ちゃん。優しくて朗らかで人気者で、大好きなお兄ちゃん。

「志」

呼ばれて振り向いた。けれど、司くんの目は写真立てに向いたままだった。

切り取られた四角の中、満面で笑うお兄ちゃんを見ながら司くんは言う。

「瑛はどうしていなくなったんだと思う？」

七年前。

お兄ちゃんは、わたしと司くんと三人で行った青見祭りの最中に姿を消し、それ以降行方《ゆくえ》がわからなくなっている。

両親はその日のうちに警察署に駆け込み、警察はもちろん近所の人たちも総出でお兄ちゃんの捜索にあたった。

けれど、お兄ちゃんは見つからなかった。事件か事故かもわからず、それどころかわたしたちと離れてからの一切の足取りも掴むことができなかった。

お兄ちゃんは突然いなくなったのだ。

その理由も、行き先も、決して誰にも知られないまま。

「わかんないよ」

わかるわけがない。わたしと司くんのふたりを置いて、どうしてあの時ひとりで歩いていき、そして二度と戻っては来なかったのか。

どうしていなくなったのか。

わかっていたら、とっくに捜し出している。

「でも、絶対に理由があるはずだ」

司くんの声に迷いはなかった。

恐らく、彼がうちに来た本当のわけは、これをわたしに伝えに来るためだったのだろう。司くんは何かを決意して、わたしに話をしに来たのだ。

「あの日の瑛は、少し様子が変だっただろ」

「変って……司くんは、お兄ちゃんが自分からいなくなったと思ってるの？　家出したとでも思ってるわけ？」

「そんなわけない。でも、あの祭りの日の瑛は確かにいつもと違ってた。そして祭りの最中に俺たちを置いてどこかへ行ってしまったことも確かなんだ」

青見祭りの最中、ちょうど花火がはじまった時だったから、時間は午後の七時半だと思う。わたしと司くん、お兄ちゃんの三人で、賑わう本通りを歩いていた時に、お兄ちゃんは急に、用事があるからここで別れると言い出した。そして一緒に行くと言うわたしをなぜか突き放し、ひとりでどこかへと向かった。

あの日のお兄ちゃんの声を、わたしの頭に置いた手のぬくもりを、去っていった背中を、わたしは今も覚えている。忘れたことはない。

「あの時……」

司くんの表情がほんの少しだけ歪む。

「瑛がどこへ行ったのか。あのあとで瑛の身に何が起こったのか。おれたちはいまだに知らないままだろ」

「そう、だけど」

「おれたちは今も、置いていかれたままなんだ」

お兄ちゃんがいなくなってから二週間後に司くんはアメリカへと引っ越した。瑛が見つかるまで行かないと言っていたけれど、中学生の司くんがひとり残ることなんてもちろんできず、何かわかったら連絡をくれとわたしに言い含め遠くの国へと旅立った。

あの時、司くんはどんな思いでこの町を離れたのだろう。お兄ちゃんがすぐそばでいなくなって、置いていかれて、詳しいことは何もわからなくて、どれほどもどかしい思いを抱いていたのだろう。

この七年間、何を思って過ごしていたのだろう。

たぶんわたしと似たようなものだ。でも少しだけ違う。司くんはこの七年、お兄ちゃんを待ち続けていた。

「おれは、瑛がいなくなったわけを知りたい」

司くんの目がもう一度わたしに向けられる。

「だからもう一度、瑛がいなくなった時のことを調べ直そうと思ってる」

「調べ直すって……」

「あの時はまだ子どもだったし、おれには時間がなかった。でも今なら違うだろ。いなくなった理由がわかれば瑛の居場所に近づけるかもしれない」

「けどさ、これまでだって散々大人たちが調べてわからなかったんだよ」

「そうだとして、諦《あきら》めるのか。おまえは、諦めたのかよ」

「……」

今まで誰ひとり、お兄ちゃんは戻って来ないと口にした人はいない。けれど心のどこかではもう無理なんだときっと誰もが思っていた。

今さら新たな手がかりなんて見つかるわけもなく、ひょっこり戻って来るのを待つには長すぎる時間が過ぎてしまった。お兄ちゃんのことを捜し続けながらも、お兄ちゃんがいない日々を送る中で、それに慣れていってしまったのだ。

何かが変わるだなんて希望はとっくに持てずにいる。

きっと、ずっとこのままなのだと思っていた。

わたしは二度とお兄ちゃんには会えない。これから当たり前のようにお兄ちゃんがいない毎日を過ごし、何もわからないまま大人になって、お兄ちゃんは思い出の中だけの存在になる。どんなに望んだところでもうそんな道しか選べない。希望なんてないのだと、いつの間にか、諦めてしまっていた。

「……司くんは、お兄ちゃんが帰って来ると思ってるの?」

「また会えるって信じてるだけだ」

「わたしはどうだ」

「わからない。でも、ただ待つだけはもう嫌だ」

並ぶ写真立てを見る。お兄ちゃんがいなくなったのは中学一年生の時。今のわたしはお兄ちゃんよりも年上になってしまった。

「志、おまえはどうだ」

司くんが問いかける。

出せる答えなんて、もうひとつしかないのに。だってあの日から、わたしもずっと、何もできずにいたのだから。

お父さんもお母さんもまわりの人たちも、子どもであるわたしには、無理に前向きに考えることを強いなかった。わたしもそれに甘えていた。だから諦めることだけが自分にできることだと思って、待ち続ける勇気も持たなかった。

でも、わたしはもうあの時のお兄ちゃんの歳をとっくに追い越している。何もできずに困惑して、泣いているだけの子どもじゃない。

「わかった。わたしも手伝うよ」

強くではないけれど、頷いた。

何ができるかはわからない。でも、何もしないよりはましだろう。

「そっか、うん、ありがとう」

「司くん、わたしを誘いに来たんだね？」

「まあな。だけど、志がやらないって言ったとしても構わなかったさ。ただ、何も言わずにおれがひとりで行動したら、あとでぐちぐち言ってきそうだと思って」

「は？　まあ言うだろうけど」

「だろ。瑛以外、おまえとおれとの喧嘩《けんか》を止めてくれる奴はいないからな。面倒ごとは避けるに限る」

舐《な》め切ったように顎《あご》を上げ、見下ろしながら司くんが笑う。その顔が、わたしの記憶の中の司くんとぴたりと重なり一致した。

大人びたと思ったのは勘違いだったようだ。やはりこいつは昔から変わっていない。

今も変わらずわたしの天敵であり、お兄ちゃんを賭けてのライバルであり、そして、お兄ちゃんが他の誰より大事にして、お兄ちゃんを誰より大事に思っていた、お兄ちゃんの一番の友達であるのだ。

「でも、何から調べるわけ？」

「気になっていることはある。少し資料を集めてみるから、しばらく待っていてくれ」

司くんは、すっかり氷の溶けた残りのアイスコーヒーを飲み干し立ち上がる。

そして並ぶ写真のほうへ歩み寄り、そこへ写るお兄ちゃんと、七年前の自分の姿を見下ろした。

「七年も経《た》っちまったけど、今からでもいい」

この日々は、長かったのだろうか、短かったのだろうか。わからないけれど、確かに今もわたしたちの中にはお兄ちゃんの存在があった。

決して消えず、深く、いつまでも。

「真実を知ろう」

◇

お兄ちゃんと兄妹になったのは、わたしが四歳、お兄ちゃんが八歳で、小学三年に上がる時のことだ。

わたしのお父さんと、お兄ちゃんのお母さんが再婚し、わたしたちは四人家族となった。

わたしの本当のお母さんは、妊娠判明直後に見つかった病気が原因で、わたしを生んで間もなく亡くなったらしい。お父さんは、今のお母さんを一番に思いながらも、前のお母さんのことも忘れることなく大切に思い続けている。けれど、まだ生まれたてだったわたしが本当のお母さんを覚えているわけもなく、生んでくれたことに感謝こそしても、わたしにとってのお母さんは、やはり今のお母さんでしかなかった。

お兄ちゃんの本当のお父さんは、再婚する二年前にお母さんとお兄ちゃんを捨て家を出ていったらしい。その頃、ローンを組んで一軒家を建てたばかりで、お母さんは女手ひとつでお兄ちゃんを育てつつ、家のローンを返すために一生懸命働いていたそうだ。

元々最初の結婚後も仕事を続けていたお母さんは、ひとりで家計を支えることにそれほど苦労したわけではなかった。それでも当時は昼夜問わず、時には休日も働きに出ることがあったため、お父さんと再婚したことで随分時間に余裕ができたのだと、いつか教えてもらったことがある。

お父さんとふたり、お母さんとお兄ちゃんの暮らす家へ引っ越して来た日。良く晴れた春の日だった。

新しい大きな家、そしてお母さんとお兄ちゃん。たった一日で、これまで望んでいたものが一気に自分のものになり、まるで魔法にでもかけられたかのような、夢のような気分を味わったのを覚えている。

お母さんとはそれまでに何度か顔を合わせたことがあったけれど、お兄ちゃんとはその日が初対面だった。お兄ちゃんってどんな感じなのだろう、どんな人だろうとたくさん想像していたら、本物のお兄ちゃんは、その想像のどの姿よりもかっこよくて、頭も良くて優しい、最高のお兄ちゃんだった。

『志、おまえのお兄ちゃんだよ』

これから住むことになる見知らぬ家の玄関先で、出迎えてくれた新しい家族を前にしてお父さんはそう言った。それまでお父さんの後ろに隠れていたわたしは、そっと顔を出し、その時初めてお兄ちゃんと目を合わせたのだった。

お兄ちゃんはお母さんの隣で、丸い目をぱちりとさせてわたしのことを見ていた。

『……お兄ちゃん？』

恐る恐る呟いた。頭の中では何度も呼んでいたけれど、初めて本人の前でそう呼んだ声は、緊張していて少し硬かった。

そんなわたしにお兄ちゃんは、一歩近づき、まだまだちびだったわたしの視線に合わせるように屈《かが》んで、

『志』

と、柔らかく笑い、わたしの名前を呼んだのだった。

その瞬間にわたしは、お兄ちゃんのことが大好きになった。

◇

司くんと再会して四日後。次の週の月曜日になって、司くんから連絡が入った。今日会えないか、とのことだったから、放課後のバイトが終わってからと約束をした。

「志、誰とデートの約束してんの？」

後ろから声がして、咄嗟《とっさ》にスマートフォンを隠した。振り返ると、美寄と龍樹が眉をひそめてわたしを覗《のぞ》き込んでいた。

「びっくりしたあ。もう、おどかさないでよ」

「ちょっと何、その慌てよう。もしや本当にデートの約束してたわけ？」

「嘘《うそ》だろ、志、まさか彼氏できたのか？」

「違うって。そんなの、できたらふたりにはすぐ言うし」

昼休憩の終わりがけ、ざわつく教室内で、まわりの声に紛れるようにため息をつく。

すでに返事を送信し終えたスマートフォンを、画面を切ってから鞄の中に放り投げた。

「……怪しいな。志って、普段学校でスマホ触ることもあんまりないし」

美寄が自分の席に座り、龍樹は、空いていたわたしの隣に腰掛ける。

「だよな。まあ、顔つきはとても彼氏と連絡取ってるふうじゃなかったけどさ」

「え、わたしどんな顔してた？」

「英語の小テストで二点取ってた時と同じ顔」

「まじか……」

龍樹は笑うけれど、正面に座る美寄はじいっと鋭い視線をこちらに向けていた。美寄がこの目つきになったからにはのらりくらりと躱《かわ》すことはできない。これは、何か言わなければ解放されないだろう。

「……」

お兄ちゃんのことは、美寄も龍樹も承知している。地元が同じである龍樹は当時から知っているし、高校からの友達である美寄にも、いなくなった家族がいることを話している。

だからといって、ふたりに何かしてもらおうと思ったことはなかった。

ふたりにはただ、ごくごくありふれた日常を今のわたしと送ってほしい。特別なことなんてない、普通の楽しい時間を過ごせる大事な友達であってほしかった。

だから、司くんのことも話すつもりはなかったのだけれど……こうなれば隠すほうが厄介そうだ。

「あのね、この間、お兄ちゃんの友達だった人と会ったんだ」

教室は騒がしく、美寄と龍樹の他には誰も聞いていないだろうけれど、無意識に声が小さくなった。

「お兄ちゃんの、って……」

「その人、お兄ちゃんが行方不明になってすぐアメリカに引っ越したから、会うのは七年振り」

「偶然に会ったの？」

「ううん。わたしに会いにうちまで来た。昔もよく来てたしね」

いつの間にか、美寄の視線は鋭さをなくしている。代わりに少しだけ困惑を浮かべているようだ。

「で、その友達ってのは、何しにおまえに会いに？」

龍樹の問い掛けに、わたしは少し迷いながらも、一度くちびるを噛《か》んでから口を開いた。

「お兄ちゃんがいなくなった理由を知りたいって。あの事件を調べ直そうって、わたしに言いに」

あの時の司くんを思い出す。あまり表情を変えていなかったのは、あえて感情を表に出さないようにしているようでもあった。きっと、それだけ必死だったのだ。司くんはこの時を……お兄ちゃんを追える日を、七年間ずっと待っていた。

「それは、警察に頼むとかじゃなくて、個人的にか」

「うん。だろうね。今さら警察に頼んだってどうにもならないし」

「それで、志はなんて答えたんだ」

「やるって言ったよ。わたしも司くんと……その、お兄ちゃんの親友とね、お兄ちゃんが行方不明になった時のことについて調べることにした」

美寄と龍樹が揃って目を丸くし、そしてくちびるをきつく結んだ。

これまでのわたしは、恐らく、お兄ちゃんの捜索に対して消極的に見えていただろう。むしろ掘り返さずに、そっとしておいてほしいと思っていると考えられていたかもしれない。

事実、わたしは友達の誰にも捜索への協力を仰がなかったし、自分自身も一度だってビラ配りや呼び掛けに参加したことはない。そんなことをしたって無駄だと心の隅で思っていたからだ。そんなことをしたところでお兄ちゃんはもう戻って来ない。

あんなに大好きだったのに、わたしは誰よりも、お兄ちゃんを諦めてしまっていた。

たぶん、あの日にわたしたちを置いて去っていくお兄ちゃんの後ろ姿を見てしまったからだと思う。どこへ行ったかもわからないのに、わたしにはお兄ちゃんがとても遠くへ行ってしまったように思えた。もう二度と戻って来られない……そしてわたしたちも行くことのできない場所へ。

「志はそれでいいの？」

美寄が重たげに呟く。わたしが首を傾《かし》げると、美寄は「あのさ」と少し口調を強めて続けた。

「あたしは志がやりたいなら応援するよ。それで何か新しいことがわかれば嬉しいし。でももし、志のお兄ちゃんの件に触れることで、志が傷つくっていうんならあたしは止めるよ。ツカサクンとやらにも、志のお兄ちゃんにも悪いけど、あたしには志が大事だから」

はっきりと美寄は言い、わたしの目をじっと見つめた。

真っ直ぐで強い、美寄のこういったところをとても尊敬している。もしも立場が逆だとしたら、はたしてわたしは同じことを言えるだろうか。

「……ありがとう。でも大丈夫だよ。ちゃんと自分の意思でやるって決めたんだ」

決して目を逸《そ》らさない美寄に、わたしは笑って頷いた。

「今まで、警察やお父さんたちがもうこれ以上調べようがないってくらい調べたはずなのに、それでもどこか不完全燃焼な気がしてたんだよね。でもきっと、自分で満足いくまで調べることで、このもやもやは消えると思う。もしも何もわからなかったとしてもね」

　本当はずっとわたしもそうしたかったのだろう。諦めた振りをしていたのは、自分には何もできないと思っていたから。踏み出すきっかけを、司くんがくれたのだ。

　わたしも、お兄ちゃんの背中を追いかけたい。

「……ならいいよ。めいっぱい頑張りな。でも無茶はしないようにね」

「うん、わかってる」

「てことは、さっきはそのツカサクンと連絡取り合ってたってことか？」

　龍樹が、スマートフォンをしまった鞄をちらりと見やる。

「そうだよ。今日会うことになった。バイト終わりにね」

　すると、ふたり共がきょとんとした顔をした。互いに顔を見合わせ、そして眉を寄せてわたしを見る。

「あんた今日バイト入れてるの？」

「そうだけど、なんで？」

「なんでっておまえ、放課後に面談あるだろ」

「面談？」

　一瞬考え、思い出し、そしてわたしは頭を抱えた。

「やっばい！　忘れてた！」

「……先週から結構何度も言ってたぞ。おれらも先生も」

「ひええ、そういえばそうだ」

二年生での文理選択に関する面談。それをひとりずつ放課後にしていくからと、確かに言っていた覚えがある。わたしの予定はバイトと被っていたからシフトを変えてもらわなきゃな、となんとなく考えていたことも覚えている。すっかり忘れていたけれど。

「うわあ、まじでやばい。どうしよ、時間までに終わるかな」

「まあ、あんた一番だし。とっとと終わらせれば間に合うんじゃない？　文系か理系か、どっち行くかはもう決めてるの？」

「ああ、うん。それは決めてる」

「志は文系だっけ。国語の先生目指してんだもんな」

龍樹の答えに、美寄が「へえ」と含んだように相槌を打つ。

「国語の先生ね。だったらそりゃ、文系だろうけど」

「……何？　わたしが文系行っちゃ駄目なの？」

「ううん、むしろあたしも文系希望だから、嬉しいくらいだけどさ」

「じゃあいいじゃん」

「うん、まあね」

しかしこちらに向けられた流し目は、妙に何か言いたげだ。「何?」ともう一度訊くと、美寄は口元だけで笑った。

「なんか、志には似合わないなって思って。あんた本当に国語の先生なんて志望してんの?」

やはり美寄は鋭い。

「なんとでも言って」

似合わない、なんて。わたしが一番思っている。


それから先生との面談を三分で終わらせ、急いでバイト先へ向かった。本通りの石畳を走り抜け、見慣れた町家の裏口から中へと入り、無駄なくバイトの制服へと着替えた時には勤務開始の五分前となっていた。どうやらぎりぎり間に合ったらしい。

最後に姿見で身だしなみを確認し、店内へ出ようとバックヤードの戸に手をかける。するとまだ引いていないのに引き戸が勢いよく開き、店側からオーナーの奥さんが飛び出すように現れた。驚いて固まるわたしに、奥さんは構わずぐいっと詰め寄る。

「志ちゃん!　来てる!」

「は、え、何が、ですか」

「この間のイケメンよ！」

それは先週、わたしが出勤する少し前に客として訪れたという爽やか好青年のことだろう。奥さんのみならずオーナーをも夢中にさせた、この辺りじゃ見かけない高身長イケメン。

「もう注文はわたしが取っちゃったけど、配膳はまだだから。志ちゃん行ってきな」

「わたしがですか？」

「間近で見るチャンスじゃない」

奥さんは頑張れとでも言いたげに小さくガッツポーズをする。

わたしは、念のためもう一度姿見で全身を確認してから店に出て、イケメンが注文したというブレンドコーヒーを手に、ほんの少しだけどきどきしながら目当てのテーブルへと向かった。

「……司くんじゃん」

そこには、文庫本を読む昔馴染《なじ》みがいた。

思わず漏れたわたしの低い声に、司くんが眉を寄せながら顔を上げる。そしてわたしと気づくと驚いたように目を丸くした。

「え、志？　おまえ何してんの？」

「バイトだよ」

「嘘だろ。ここって志のバイト先？」

嘘だろ、はわたしが言いたい。まさか例のイケメンが司くんのことだったとは思いもしなかった。確かに大学生くらいで背の高い、見た目だけなら好青年だけれど。わたしのときめきを返してほしい。

「なになに、こちらのお客さん、もしかして志ちゃんのお知り合い？」

様子を窺《うかが》っていたらしい奥さんが、雰囲気を察して近寄って来る。

「あ、はい。知り合いです」

「あらあらそうだったんですか」

「志がお世話になってます」

「こちらこそですよ。志ちゃんは頑張り屋さんでね。それにしても、学校のお友達、じゃないですよね。はっ！　もしかしなくても……彼氏？」

「違います」

司くんと声が揃った。奥さんは、どういうふうに受け取ったのか、やけににこにこ顔でそそくさとカウンターの奥へ消えていった。

「……あの人、接客丁寧で明るいし、好印象だったけど、急に失礼な店員に思えてきた」

「司くんのその言葉のが失礼だから」

小さな丸いテーブルにコーヒーカップをひとつ置く。その横に置かれた文庫本は、英語の本らしく、なんというタイトルなのかわたしには読めなかった。

「バイト、七時までだから。それまで待ってて」

「了解」

司くんはふたたび文庫本を手に取り、わたしはテーブルを離れた。

それからは互いに干渉することなく、司くんは一度コーヒーをおかわりしたほかは黙々と本を読み続け、わたしもわたしでせっせと働き続けた。

そして空が随分暗くなった閉店十分前の午後六時五十分。三人組の奥様方が帰り、店内の客は司くんひとりとなった。

「彼、志ちゃんを待ってるみたいだけど、このあと予定があるの？」

片付けた食器を洗っていると、オーナーが横に並んで訊いてきた。

「すみません、五分前には追い出しますんで」

「いやいや、そんなことしなくていいけど。でも、いいなあ、デートかあ。青春だねえ」

「違いますよ。ちょっと話があるというか、相談事があって」

ふたりきりで会うことをデートと言うなら、確かにそうかもしれない。けれど、わたしと司くんの関係も、そしてふたりで会う理由も、デートと言うには殺伐としすぎている。

「へえ、じゃあこのあと遊びにとか、ディナーに行くってわけじゃないんだ？」

「ええ。決めてないですけど、近くのファミレスとかに行くんじゃないですかね」

「だったらそこ使う？」

オーナーが、半個室になっている奥の座敷を顎で指す。

「いいんですか？」

「今日ぼくら、新メニューの試作でしばらく店に残るから。デートってわけじゃなく、話がしたいだけなら、他所《よそ》に行くのも面倒でしょ」

「ありがとうございます。助かります」

オーナーに頭を下げる。

そして、閉店直前に店を出ようとした司くんを引き留め、閉店作業を済ませたあとで、店の座敷席を借りた。

最大で六名まで座れる座敷は、店の奥側にあり、戸はないけれど暖簾《のれん》が掛けられていて、通路からは見えないようになっている。カウンターにいるオーナーたちのこともほとんど気にならないし、大きい声を出さない限り声が届くこともない。

「それで、何か進展はあったの？」

オーナー夫婦がおごってくれたカプチーノをすすりながら、正面に座る司くんに問い掛けた。

「進展ってのはないけど、気になるところから詰めていこうと思って、資料を集めていたんだ」

そう言って司くんは、テーブルの上にたくさんのプリントを広げた。インターネットのサイトを印刷したものや、新聞、雑誌のコピーばかりだ。

それらはすべて、ある事件について書かれた記事を拾ってきたものだった。

「これって」

「ああ。あの誘拐事件の記事だ」

七年前の、二〇〇九年九月二十八日。

青見町観川《みかわ》地区にて、小学三年生の女の子が見知らぬ男に誘拐される事件が起きた。女の子は放課後の習い事の帰り、ひとりで歩いていたところを男に突然拉致され、しばらくの間車に乗り連れ回された。

結局、女の子はその日の夜には解放され自ら助けを呼び無事に保護、犯人も翌日には特定され、数日後に逮捕されることとなる。けれど、その後の調べで犯人が、未解決だった二件の女児誘拐殺人事件にかかわっていたことが判明し、この件は、世間を大いに騒がせる事件となったのだ。

「覚えているか？」

「そりゃ、もちろん。でもこれって無関係だったんでしょ」

「ああ。警察もそりゃとことん調べただろうから、間違いないとは思う。でもおれは、どうしてもこの事件、何かが引っ掛かるんだよ」

地元で恐ろしい事件が起きた、それだけでも十分注目に値するのだけれど、わたしの周囲が当時この事件について何より関心を抱いていたわけは、この事件が、お兄ちゃん失踪の翌日に起きていたからだ。

お兄ちゃんがいなくなったのは二〇〇九年九月二十七日の日曜日、誘拐事件の前日。

当然、警察も誘拐と失踪との関連を疑った。

しかし犯人——松田《まつだ》という男は、今回と過去の誘拐殺人についてはすぐに認めたものの、お兄ちゃんの件は一貫して関与を否定した。女の子を誘拐した時点では報道もほとんどされていなかったためか、前日に同じ町で中学生が行方不明になっていたこと自体認知しておらず、誘拐事件の報道と共にその件を知ったと言い張ったのだ。

また、証拠も一切出なかった。さらに、詳しく調べた結果、お兄ちゃんが失踪した二十七日の夕方から深夜にかけて松田に完璧なアリバイがあることも判明した。

「それに、この犯人が狙っていたのは常に小学校低学年の女児。当時中一だった瑛は、特に小柄ってわけでもなく、見た目で低学年の小学生にも、女に間違えられることもまずない。犯人の標的からは外れていた」

そしてこの誘拐事件とお兄ちゃんの失踪とは関連なしと結論付けられた。

うちの両親も警察から受けた説明に異議はなく、殺人犯とのかかわりがなかったことにほっとし、それでいて当てがなくなったことに落胆していた。

松田は、二〇〇九年の誘拐、そしてこの事件の三年前と五年前に起こしていた誘拐と殺人の罪で、おとし死刑が確定し、現在も拘置所に収監されている。

「……」

司くんの持ってきた記事を流し見しながら、少しずつ当時の記憶をよみがえらせた。

両親は決してわたしに触れさせようとしなかったけれど、否応《いやおう》なしに情報は飛び込んで来ていたから、大体のことは知っている。

「でも、わたしもこれについては、偶然時期が重なっただけだと思ってるけど」

事件はセンセーショナルに扱われ、警察だけでなくマスコミも多くこの件を調べていたようだ。けれどやはり、誰もが、失踪と誘拐は無関係だという答えを出した。

たまたま同じ町で、同じ時期に、ふたつの出来事が起こってしまっただけなのだと。

「司くんは違うの？」

「……いや、さすがにここまで徹底して調べられていると間違いだとは言い難い。ただ、どうしても気になるんだよ」

「気になるって何が？」

「その何かがわからないから困ってんだろうが」

「……つまり勘ってことね。しかも信用できなさそうな勘」

つっけんどんに言うと、司くんは少しむっとした顔をしたけれど、言い返してくることはなかった。

「この被害に遭《あ》った女の子って、志の知り合いだったんだろ」

コピーした記事の一枚を司くんがつつく。

「って言っても小学校は違うし、そこまで仲が良かったわけじゃないけど」

「同じピアノ教室に通ってたんだっけ」

「うん。事件があったこの日も、あずさちゃんはピアノ教室の帰りだったらしいね」

誘拐事件の被害に遭った女の子の名前は金子《かねこ》あずさ。わたしと同い年の当時小学三年生で、観川地区にあるピアノ教室にお互い通っていた。

事件当日、学校から、近くで中学生が失踪したとの連絡を受け、あずさちゃんのピアノ教室への行き帰りはお母さんが付き添うことになっていた。しかし、お母さんの用事のため迎えが少し遅れ、待っている間にあずさちゃんは、ひとりでピアノ教室のすぐ近くにある本屋へ向かったそうだ。その途中で被害に遭った。

「わたしはその日、お兄ちゃんのことがあったから、学校もピアノ教室も休んだんだよね。被害に遭ったのがあずさちゃんって知ってびっくりしたよ」

「この事件のあと、金子あずさに会ったことは？」

「ないね。わたしもしばらく教室に行かなかったし、あずさちゃんは事件のあと、辞めちゃったみたい」

「……まあこんな怖い目に遭って、それまでと同じような日常をすぐに送るのは難しいだろうしな」

「ピアノ、上手だったんだけどね」

あずさちゃんは、あのピアノ教室で一番演奏が上手かった。外見だと真っ直ぐな長い髪が印象的な子で、当時からボブだったわたしはその長い髪に憧れたものだ。お人形のように可愛《かわい》い子だったから、今はより綺麗になっているだろう。

「しかし、なぜ金子あずさは解放されたんだろうな」

司くんが一枚の記事を拾い上げる。

その記事には、あずさちゃんの誘拐事件と共に、松田が起こした二件の誘拐殺人事件について詳しく書かれていた。

二〇〇六年に関西《かんさい》で小学一年の女の子を、二〇〇四年に九州《きゅうしゅう》で小学三年の女の子を、それぞれ誘拐し殺害、遺体を遺棄していたという。

しかし、あずさちゃんだけはなぜかその日のうちに解放された。拉致現場から百キロほど離れた隣県との県境付近にて、ほぼ無傷で車から降ろされたそうだ。あずさちゃんは解放後、自分の足で近くの店に助けを求めたのだという。

「その理由までは……どこにも書いてないね」

「まあ、無事ならそれに越したことはないしな。さほど重要視されていなかったんだろうか」

司くんは持っていたプリントを机の上に戻し、長いため息をついた。結局今のところ、この事件でお兄ちゃん失踪に関係ありそうなことはない。

「司くんの勘、当たってるのかなあ」

「それをこれから確かめていくんだろうが」

「めちゃくちゃ信用ならないけど……他に当てもないしね」

「ああ。だからもうちょっとこの件についての情報を探ってみる」

司くんは散らばっていたプリントを掻《か》き集め、綺麗にひとまとめにする。

その時、暖簾の向こうから声がした。返事をすると、暖簾をめくって奥さんが顔を覗かせた。

「邪魔してごめんね。今大丈夫？」

「あ、大丈夫です。ちょうど終わったところですし」

「試作のロールケーキができたから、ちょっと食べてみてくれない？」

と言って奥さんがテーブルに置いてくれたのは、以前から作りたいと言っていた、抹茶と小豆《あずき》のロールケーキだ。

「わあ、美味しそう！」

「おれもいただいていいんですか？」

「もちろんですよ。食べて感想教えてね」

喜びながらロールケーキにフォークを刺すと、今度はオーナーがコーヒーを淹れて持ってきてくれた。陰惨な事件の記事が広がっていたテーブルがあっという間にティータイム仕様に変わり、司くんも困り顔をしながら笑う。

その時ふいに、オーナーの視線が司くんの持っていたプリントに向いた。その内容が目に入ったのかオーナーは軽く眉を寄せる。

「……その記事。それって何年か前に観川であった誘拐事件だよね」

「ええ、そうですけど。ちょっとこれについて調べていまして」

「その子、無事で何よりだったけど、やっぱりあの事件のあとは大変だったみたいだよ」

神妙に言うオーナーに、わたしは思わず前のめりになる。

「オーナーって、あずさちゃんのこと知ってたんですか？」

「まあね。って言ってもその女の子と面識があるわけじゃないんだけど。ぼくが大学生の時に家庭教師をしていた子が、その女の子の従兄弟《いとこ》でさ、話を聞いたことがあるんだ」

「話？」

「うん。怪我《けが》も擦り傷くらいで無事に帰って来てくれたけど、連れ去られていた間はよほど怖かったんだろうね。事件のあと、身内以外の人間に会えなくなっちゃって、学校にも行けなくなったんだって。特に大人の男性にはものすごい恐怖心があったみたいだよ」

　確かに、数時間でも知らない大人の男に連れ去られるなんて経験をしたら、いくら犯人が逮捕されていたとしても安心して街中を出歩くのは難しいだろう。事件のあと、習い事を辞め学校にも行けなくなったあずさちゃんの辛い日々が、容易に想像できる。

「あの、その金子あずささんが、今どこに住んでいるかわかりますか」

　司くんが訊ねる。

「さあ……家庭教師の生徒の子とも随分連絡を取っていないし。ああでも確か、女の子の一家は事件後間もなく、他県のおばあさんの家に引っ越したって聞いたっけ」

「……そうですか」

「ところで、なんでその事件を調べてるの？」

　オーナーからの問いに、少しどきりとした。どう答えようかと迷ってしまう。しかし、わたしの逡巡《しゅんじゅん》をよそに、爽やかスマイルを浮かべた司くんがあっけらかんと答える。

「実は今、大学で犯罪心理学を学んでいるので、地元で起きたこの大きな事件を研究材料にしてみようかと。そしたら志も興味を持っちゃって、邪魔にならない範囲で一緒に学ばせているんです」

「へえ、そっかあ。イケメンなのに頭もいいんだなあ」

「もう志ちゃんったら、本当にいい人見つけたわねえ」

「だから彼氏じゃないですって」

と言うわたしの言葉は聞こえているはずなのに届いていないようだ。はしゃぐ大人ふたりに、わたしも司くんも否定するのを諦め、抜群に美味しいロールケーキをたいらげることに勤《いそ》しんだ。


時間は午後八時半を過ぎていた。司くんが家まで送ってくれると言うので、お言葉に甘えることにした。

家までは歩いて約十分。慣れた夜道を数歩分の距離を空けて歩く。

「懐かしいな」

前を行く司くんが振り返らずに呟いた。

この辺りは、お兄ちゃんがいた頃にみんなでよく遊んでいた場所だ。司くんともよく来たけれど、ふたりきりで来るのは今日が初めてだった。そもそもお兄ちゃんがいた頃は、わたしは司くんとふたりきりになったことなんて一度もない。

「そこの公園とか、しょっちゅう遊んでたよね」

「ああ。おれが引っ越す直前に友達がお別れ会をしてくれたんだけどな。そのあとで、あそこで瑛と花火をしたんだ」

道の脇にある公園は、遊具のあるスペースの他に小さめのグラウンドも併設されている。今でこそ花火の類は一切禁止になってしまったけれど、わたしが小学生の時は打ち上げでさえなければ許可されていたから、花火で遊ぶとなれば、いつもこの場所へ来ていた。

「その時の花火って、わたしも一緒にやった気がするなあ」

「そうだよ。おれたちだけでやるつもりだったのに、おまえがごねて無理やり参加しやがったんだ」

そうだったっけ、ととぼけてみせると、司くんはようやく振り返り、これ見よがしに嫌な顔を向けた。

わたしはそれを無視して、足を止めた司くんの前に出る。

見慣れた通りはわたしにとっては感慨に耽《ふけ》るような場所ではない。昨日も一昨日も、ずっと見てきたなんでもない景色だ。お兄ちゃんとたくさん遊んだその時も、お兄ちゃんがいない今も、変わらずあり続けるわたしの平凡な日常と、何気ない景色。

「楽しかったよね、あの時は。お兄ちゃんを中心にいろんなことが回ってた気がする」

目の前の街灯のあかりを踏みつけた。

わたしのお兄ちゃんは、優しくて朗らかで、まず人に嫌われることのない人だった。嫌な奴とはすぐに喧嘩していたわたしと違い、他人との衝突を自然と回避できる性質だったのだろう。

親友と言えるのは司くんひとりだったけれど、友達は大勢いたはずだ。人を束ねたり、わかりやすいリーダーシップを見せたりは決してしないのに、不思議とお兄ちゃんの周囲にはいつだってたくさんの人がいた。

そしてそれは家族内でも同じだった。家の中で一番のしっかり者だったお兄ちゃんを、お父さんもお母さんも頼りにしていたし自慢に思っていた。お兄ちゃんを中心に家族がひとつになって、いつだって円滑に仲良く過ごせていたような気がする。

今も家族は仲が良い。それでも、お兄ちゃんがいた頃と同じようには過ごせない。

お兄ちゃんがいなくなったあと、いつも明るくて面白いお母さんが泣き叫ぶのを初めて見た。冷静で優しいお父さんが、大声を上げるのも初めて聞いた。

しばらくの間はまともな生活を送れなかった。だいぶ経って、ようやく日常を送れるようになってからも、お母さんはお父さんと結婚する前みたいに仕事に打ち込むようになったし、たまの休みも両親揃って捜索の運動に励んでいる。

家に人がいない時間が増えた。お兄ちゃんがいた時は、家にひとりでいることなんてほとんどなかったのに、今はひとりで過ごすことのほうが多い。広い家はいつだって静かで、誰かの足音もうるさいくらいの笑い声も響かない。

「そうだな。おれのこの町での思い出にも、いつだって瑛がいる。おれの世界の中心は、ずっと瑛だったんだ」

司くんの足音と、独り言のような声が重なる。

「ただ、瑛にとっての中心は、瑛じゃなかっただろうけどな」

わたしは思わず振り返り、司くんを見た。

「どういうこと？」

「さあな」

街灯のあかりでぼんやり浮かんだ司くんの顔は、少しだけ笑みを浮かべている。訊ねても、答えはそれ以上返って来なかった。

わたしはふたたび前を向き、次のあかりを目標に歩いていく。

「そういえば、さっきなんでオーナーにでたらめ言ったの？」

誘拐事件を調べる理由を訊かれた時、司くんは見事に答えをでっちあげた。でたらめな理由はいかにもそれらしくはあり、オーナーたちは少しも疑ってはいなかった。

しかし奥さんはともかく、ここらが地元であるオーナーは、わたしのお兄ちゃんのことも、わたしが行方不明になった中学生の妹であることも知っている。わざわざ本当の理由を隠す必要はなかったのに。

「だって、おまえが本当のことを言ってほしくなさそうだったからな」

「……わたしが？」

「兄貴の件で調べてるってあの夫婦に言えば、あの人たちは気を遣うだろう。おまえはそれを嫌がりそうだと思ったんだよ」

司くんが横に並ぶ。それでも、親しさを思わせない距離を空けているあたり、わたしたちらしいなと思う。

「司くんって、意外とわたしのこと好きだよね」

もちろん恋愛感情なんてちっとも抱かれていないことは承知している。わたしだってそうだ。けれど司くんは昔から、親友の妹として案外わたしを大事にしている。それ以上に親友の妹として邪険にしているけれど。

「イケメンに好かれて嬉しいだろ」

「自分でイケメンとか言うの引く」

わたしと司くんは決して友人ではない。わたしたちの関係に、名前を付けるのは難しい。知り合い、と言ってしまえばそれまでだけれど、司くんにとってわたしは「瑛の妹」でしかないし、わたしにとって司くんは「お兄ちゃんの親友」でしかない。

わたしと司くんとの繋がりは、いつだって、お兄ちゃんあってこそのものなのだ。

瑛

「志、先に行っちゃうよ」

久しぶりの制服を着て、白いスニーカーの靴紐を結び直す。まだなんとか綺麗なままの学生鞄には教科書はほとんど入っていなくて、代わりに夏休みの宿題として出されたプリントやノートが詰め込まれている。

「ゆーきー。ぼく時間ないんだけど」

「待って、今行く！」

返事のなかった二階へ再度呼びかけると、焦り気味の声とともに慌ただしい足音が聞こえてきた。志が真っ赤なランドセルを背負って、肩にかからない長さの髪をふわふわと揺らしながら階段を駆け下りてくる。

「ねえ志、宿題全部持ったの？」

リビングから顔を出した母さんに、志はお気に入りの紐靴を履きながら答えた。

「たぶん」

「たぶんじゃ駄目でしょうが」

「大丈夫だって。昨日お兄ちゃんと確認したもん」

ね、と志が言うので、ぼくは小さな頭を撫でる。

「心配ないよ母さん。じゃ、行ってくるね」

鞄を掴み立ち上がると、志も同じくぴょこんと玄関に下り立った。

ドアの向こうはまだ終わる気配のない夏の空気が充満している。本当に今日から九月なのだろうか、とちょっとカレンダーを疑いたくなった。

「いってきまあす！」

志の元気な声が響く。

我が家の門を出ると、外で司が待っていた。

「司、おはよう。待っててくれたんだ」

「おはよ、一緒に行こうぜ。って、なんだ、志もいるのかよ」

「いちゃ悪いか」

「こら、志」

親友の司と妹の志は、なぜだか知らないけれど折り合いが悪い。といっても本当に仲が悪いわけではないようで、喧嘩するほど仲が良い、というものだとぼくは思っている。

「ねえ司くん、知ってる？　約束もしてないのに待ち伏せとかするの、ストーカーって言うんだって」

「そんな言葉どこで覚えた？」

「ドラマでやってた」

「おれのこと言ってんのか」

「うん」

司が拳を振り上げると、志も負けじとファイティングポーズを取った。このままだと路上で試合がはじまってしまいそうなので、慌ててふたりの間に入り喧嘩を止めた。

集団登校の集合場所で志と別れ、徒歩二十分の中学までの通学路を司とふたりで歩いていく。この道での通学をはじめて半年。緊張したのは最初の数日だけで、もうすっかり慣れてしまった。

「まったく、朝から余計な体力使っちまった。ただでさえ何もしなくても暑いってのにさあ」

司が首筋の汗を拭う。

「志がごめんね。いつも仲良くしてくれてありがと」

「おいおい、おまえにはあれが仲良くしてるように見えるのかよ。どう考えても敵意剥《む》き出しにされてんだけど」

「そうかなあ」

笑っている間に、自転車通学の友達が何人か追い抜いていった。夏休み中に会っていた奴も久しぶりに会う奴も、みんな変わりなく元気そうで、追い抜きざまにぼくらに声を掛けていった。

「なんか、本当に夏休みが終わったんだなって感じがするなあ」

自転車の風に膨《ふく》らむシャツを見ながら司がぼやく。

「そうだね。夏が終わるのってちょっと寂しいけど」

夏が終わったところで秋が来るだけだ。それでも晩夏というものはどこか物悲しく思う。春の終わりとも秋の終わりとも冬の終わりとも違う。卒業の時期なんかとも違って、何も変わりはしないのに、何かを置き忘れて来てしまったような気になる。

「夏休みが楽しかった分、余計にそう思うのかなあ」

「だな。めいっぱい遊んだからな」

「中学最初の夏休みだったもんね」

「まあな」

「で、司、何かあったの？」

司の目が丸くなる。急に訊かれたことに驚いたのだろう。けれどすぐに表情を変えたので、やはり心当たりはあるようだ。

「……なんでわかった？」

「まあ、なんとなくね。いつもと少し違うような気がして」

「ああもう、瑛には敵《かな》わねえな」

司とは幼馴染み、まだお互い言葉もろくに話せなかった時からの友達だ。なんでもわかり合えるとまでは思ってはいないけれど、些細《ささい》な違和感くらいなら見落とすことはない。

「別に、隠すつもりじゃなかったんだけどな。瑛には一番に言うつもりだったし。ただ、どう切り出せばいいかわからなくて」

ぼくが思っていたよりも何か大きなことを司は抱えているみたいだった。しばらく俯《うつむ》いたまま口を開かなかったので、ぼくも黙って司の隣を歩いた。

「あのな瑛、おれさ」

数分して話しはじめた司の声はいつもと少し違っている。飄々《ひょうひょう》としていて自信に溢《あふ》れている普段の司とは印象が異なる、どこか力のない声だ。

「来月、アメリカに引っ越すことになった」

司はぼくを見ずに言った。最近大人びてきた横顔はまだ自分の足元を見ていた。

「アメリカ?」

「親父の仕事で、家族で引っ越すことになったんだよ」

「いつ帰って来るの?」

「さあ。一応こっちの家は親戚に管理してもらって置いておくみたいだけど、いつまで向こうにいるかはまだわからないんだってさ」

　そう、と、気の抜けた返事しかできなかったのは、気が抜けてしまっていたからだから仕方ない。司の言ったことをすぐに受け止めるのは難しかった。司が遠いところに行ってしまうだなんて、何を言われたってさっぱりぴんと来ない。

「でもさ、会えなくなるからって疎遠になるのはやめてくれよ。瑛とは、ずっと仲良くいたいんだ」

　司が笑顔を作って振り向いた。ぼくも似たような顔を浮かべた。

「当たり前だろ。電話もメールもするし、手紙も書く。なんなら会いにも行ってやるよ」

「絶対だぞ。あ、でも志は連れて来るなよ。あいつはおれには興味ないだろうがな、おまえには付いて来たがるはずだから、内緒で来いよ」

「あはは、わかったよ」

　本当はお互い笑えるような心情じゃなかったけれど、ばればれなのは承知の上で、無理して隠してたくさん笑った。悲しんでもどうにもならないのだから前向きに行くしかない。ぼくたちはまだ子どもで、自分の力だけでは歩いていけない。自分で何かを決めるには、もう少し大人にならないと駄目なんだ。

「ま、でも、引っ越すまでにはまだ一ヶ月以上あるんだよな。その間にできる限り思い出作らねえと」

司が明るく言う。

「そうだね。協力するよ」

「ああ。夏休み以上に遊び倒そうぜ」

司が向けた拳に、ぼくの拳をこつんとぶつけた。

司がいない日々をうまく想像することはできなかった。ただ、こうして登校しながら喋《しゃべ》ったり、拳をぶつけ合ったり、そんな些細なことができなくなるんだと思ったら、さすがに少しだけ泣きそうになった。

始業式後のホームルームで、先生から司の転校に関する話がされた。

クラスメイトたちがショックで何も言えなくなる中、司がいつもどおりのおどけた調子で挨拶をすると、教室内の雰囲気も変わった。誰ひとり悲しい顔をすることなく、残りの一ヶ月半を存分に楽しむことを決めた。

「あと、もうひとつ重要な話があります」

仲の良いメンバーたちが司のお別れ会をしようという提案をしたところで、先生が両手を叩き、教室を静かにさせる。

「最近、不審者の情報が多く出ています。ひとりで出歩いたり、危ないところに行ったりしないように。あと、怪しい人に声を掛けられても絶対に付いていかずに、近くの大人に助けを求めること。自分は大丈夫なんて決して思わずに、十分気をつけてください」

間延びした返事がぽつりぽつりと聞こえる。みんな今の話よりは、司のことで頭がいっぱいのようだった。当の司は貰《もら》ったばかりのプリントを手で切って、小さな折り鶴作りに没頭していた。

二学期初日の今日は、昼前には学校が終わる。

運動部の多くや文化部の一部は午後から部活動があるけれど、部活に所属していないぼくも司も午前中のみで帰宅する予定だった。

ただ、今は少しだけ帰宅時間がずれ込んでいる。ふたりで帰ろうとしたところで、クラスの女子に司が呼び出されてしまったせいだ。あからさまに嫌がる司を女子たちは無理やり引っ張っていく。司がとんでもない顔でぼくを振り返るから「待ってるから、行っておいで」と手を振ったら、やっぱりとんでもない顔のまま渋々前を向き、気だるげに歩いていった。

司が落としていった学生鞄を拾ってから、屋根のない渡り廊下でひとり、運動場を眺めた。部活がはじまるにはまだ早く、広いグラウンドはがらんとしている。

学校にはこんなにもたくさんの人がいるのにやけに寂しく見えた。もしかしたら、司がいなくなってからのぼくはあんな感じになるのかなと思った。周囲に友達がいても中心は空っぽ。考えると、なんとも寂しいものだ。これじゃ疎遠になるどころか司に嫌がられるくらい頻繁に電話やメールをしてしまうかもしれない。

「……志にも言わなきゃな」

きっと寂しがるだろう。司へ手紙を書く時は、志にも書かせてあげよう。

ぼうっとしていたところに声がかかり、はっとして顔を上げた。数人の女子に連れていかれた司は、帰りはひとりで戻って来た。

「悪い、待たせた！」

「おかえり。思ったよりも早かったね」

「馬鹿言え。本当なら一秒だって時間を割きたくなかったのに」

「そう言うなよ」

預かっていた荷物を返すと、司は大きなため息をつきながら歩き出した。ぼくもその横に並んで昇降口を目指す。

「で、どうだった？」

「どうだったも何も。断ったに決まってんだろ」

「また？」

「またってなんだよ。そりゃそうだよ。相手が変わろうが関係ねぇよ」

司は見るからに苛《いら》立っている。女子に告白されるたびにこうだ。

小学生の時から女子に人気だった司は、中学に入ってからより一層告白される数を増やした。でも、今のところそのどれもを断っていて彼女を作る気配はない。冷たい返事をする司に泣かされた女子の数は……もうどれほどになるだろう。

「ったく、おれが引っ越すってことがわかって、慌てて言ってきたんだろうが。言いさえすればなんとかなるとでも思ったのかよ」

「可愛いじゃん。気持ちを伝える前に離れ離れになるのは嫌だって思ったんでしょ」

「はあ？　可愛いだなんて、本気で言ってんのかよ」

「もちろん」

「意味わかんねえ、面倒なだけだろうが」

司はどうにも自分に好意を向けて来る女の子に愛想がない。女嫌いってわけではなさそうだから、独占欲を持たれるのが嫌なんじゃないだろうか。

「モテるのにねえ」

「うるせえ」

司はにべもなく吐き捨てる。

「好きでもない奴にモテたってなんの意味もねえっての」

それは確かに、そうかもしれないけれど。自分への好意はもっと素直に受け止めてもいいとぼくは思っている。だって、司のことを好きな女子たちは見る目があるのだから。司ほどかっこよくて優しくて信頼に足る人間はそうそういない。そんな人を、彼女たちは選んでいるのだから。

「ねえ、司って、もしかして好きなが人いるの？」

「はあ？　なんでそんな話になるんだよ」

「だって、好きじゃない人にモテても意味がないって言うなら、好きな人には好かれたいってことでしょ」

司はしばらく考えて、「まあそうだなあ」と答えた。

「でも好きな奴なんて別にいねえよ。彼女なんかも興味ねえし」

「あらら、女子たちが聞いたらショック受けるだろうな」

「勝手に受けさせとけ」

司はこんな感じだから、本当に当分彼女は作らなそうだ。

けれど、いつかは司もぼくも、それぞれに大切な人ができるだろう。その日が少し楽しみでもある。きっと司が選ぶ人は良い人に違いないから。ぼくの親友が選んで、ぼくの親友を選ぶ、最高に素敵な人だ。

「何笑ってんだ？」

「別に。好きな人ができたら教えてね」

「女子みたいなこと言ってんじゃねえよ」

司はぼくの顔を見て眉を寄せる。

「おれは瑛がいれば十分だって」

そう言ってくれるのはとても嬉しいけれど、女子を敵に回すと厄介なので、女子の前では決して言わないでほしい。


「……今日はこんなもんかな」

勉強机の上で、ぶ厚いノートをぱたりと閉じる。四年前から毎日欠かさず書き続けている日記は、すでにノート丸まる五冊分溜まっていた。今使っているノートはまだ真新しく、長く使用できるようにとページ数の多いものを買ったので、当分の間はこのノートに世話になるだろう。

日記には、他愛もないことばかり書いていた。日々の出来事。目標。なんとなく考えたどうでもいいこと。たまに愚痴。話題がなければ天気とか。

誰に見せるわけでもないので思うままに書いた。これまでの日記帳は、すべてのページが埋まったら捨てているから、このノートも書き終えれば同じように捨てるつもりだ。誰に見せるわけでもない、かといって思い出の品にするわけでもない。ただただ今の自分の思いを書き連ねて吐き出すためだけの作業だった。あまり意味はないけれど、終わらせる理由も見つけられないので、とりあえず、飽きるまでは続けようと思っている。

「もうこんな時間か」

時計を見ると、十一時を過ぎていた。そろそろ寝ようかと伸びをしてから、日記帳をいつものように勉強机の引き出しにしまおうとした。その時。

「お兄ちゃん」

と声がして振り向いた。少しだけ開いていたドアの隙間から、志がこちらを覗いていた。

「志、まだ起きてたの?」

「眠くなくて……」

「じゃあ眠たくなるまでお喋りでもしようか。入っておいで」

声を掛けると、志がぱあっと顔を綻《ほころ》ばせ駆け寄って来る。その姿に、思わずぼくも口元が緩んでしまう。

「お兄ちゃん、何書いてたの?」

志が、まだ出したままだった日記帳の表紙を覗き込んだ。

「日記だよ。これのことは誰にも内緒ね」

引き出しにしまいながら、くちびるに人差し指を当てる。志はやけに神妙な面持ちで首を縦に振った。

「さ、お布団入ろっと」

「志も！」

ぼくがベッドにのぼると志も潜り込んで来た。

本来はひとり用のベッドだ、さすがにふたりで並んで寝るには手狭になってきた。志も背が伸びたし、女の子は男よりも心が大人になるのが早いらしいから、こうして一緒に寝るのはもうそろそろ終わりかもしれない。

なんて、ぼくが考えているとは露ほども思っていない様子で、志はにこにこしながら鼻先まで掛け布団を引っ張り上げていた。小さなおでこを撫でてあげると「うへへ」と変な声で笑う。

「そういえば、司が来月アメリカに行っちゃうんだって」

志にはまだ伝えていなかったことを思い出した。志は、丸い目でぱちりと瞬きをした。

「アメリカ？」

「うん。おじさんの仕事で、長いこと向こうで生活することになるみたい」

「へえ」

「それだけ？　もっと何か言うことないの？　寂しいなあとかさ」

「別に司くんのこと好きじゃないもん」

「あらら」

強がりなのか本気なのかはよくわからなかった。まあ、強がりだと思っておこう。

「ねえ志、アメリカってどこにあるか知ってる？」

「知ってるよ。外国。遠いところ」

「そうだね。すごく遠いんだ。簡単には会いにだって行けないんだよ」

「お兄ちゃんが司くんに会いにアメリカに行く時は、志も行くよ」

「はは、きっと司は泣いて喜ぶね」

司がいなくなったあとのことをこうして話すことができるのは、司がいなくなるということをまだ実感できていないからだろう。本当にいなくなるんだと、そう知ってしまった時、こんなふうに笑うことはきっとできなくなってしまう。

慣れるまでにはどれくらいかかるだろうか。司にもまわりの人たちにも心配をかけないようにしないといけない。

「大丈夫だよ、お兄ちゃん」

志が、布団を顎の下まで下げながら言う。

「司くんがいなくなっても、志がお兄ちゃんのそばにいるから。寂しくないよ」

一瞬きょとんとして、それから苦笑いしてしまった。まいったな。言葉にも顔にも出したつもりはなかったのに、ぼくは小さな妹に、すっかり心を見透かされていたらしい。

今からこんな感じでは司が引っ越したあとが思いやられる。志が大丈夫と言ってくれたとおり、きっと、大丈夫なのだろうけれど。

「司くんなんていなくてもへっちゃらだからね。余裕だって」

「それは、心強い」

「アメリカでも火星でもどこにでも行ってくれていいんだよ」

「火星かあ」

誰かが誰かの代わりになるとは思わない。それぞれに役割はひとつしかない。けれど、寂しさで空いた穴はいつかはちゃんと塞《ふさ》がるのだと、ぼくは十分に知っていた。

「ありがとね、志」

「何が？」

ぼくは笑って、まだ目の冴《さ》えている様子の妹の頭を撫でた。

◇

司のお別れ会は、司が渡米する三週間前、十九日の土曜日にすることになった。十月に入ってからでは引っ越しの準備などで忙しいだろうし、九月の最終週の日曜には青見祭りがある。少し早くてもこの日にやるのが一番だろうと、みんなで相談して決めた。

場所は司の家だ。これは司のおばさんが『ぜひ我が家でやって』と提案したことから決まった。おばさんからも友達みんなにこれまでのお礼をしたいから、とのことだけれど、司の両親はパーティー好きなので、単に自宅でわいわいやりたいだけなのでは、とぼくは思っている。なんにしても、楽しい会になりそうだ。

「向こう行く前に最新刊が買えてよかったぜ」

本屋さんを出たところで、司が買ったばかりの漫画の紙袋を両手で夕空へ高々と掲げた。

放課後に遊んでいた最中、ずっと追いかけている漫画の新刊が発売されていたことを急に思い出し、慌てて馴染みの本屋さんへと買いに来たところだ。あまり頻繁に刊行されるタイトルではないので、引っ越す前に新刊が出たことはラッキーだった。

「続きは出たら送ってあげるよ。集めてる他の漫画も」

「まじかよ。ありがたいけど、毎回は大変だからまとめてでいいからな」

「了解。海外って送料も高そうだしねえ」

「遠いからなあ」

司とふたり、オレンジになって来た空を見上げる。

なんとなくしんみりしながら人通りのない道を歩いていると、後ろからどたどたと騒がしい足音が聞こえてきた。

「お兄ちゃん！」

振り返ると、ピアノ教室の帰りらしい志が両手を振って追いかけて来ていた。

「あ、志」

「げ、志」

司があからさまに嫌そうな顔をするので、思わず噴き出してしまう。志も志で、耳《みみ》聡《ざと》く司の言葉を聞き取ったらしく、鼻の上に大きな皺《しわ》を作っていた。

「げって何？　司くんは志に会うのがそんなに嫌か」

「そのとおりだ。ガキんちょはとっととひとりで家に帰れ」

「志はお兄ちゃんと帰るから。司くんこそひとりで帰れ！」

「まあまあ」

唸《うな》りながら司に向かっていこうする志のリュックを手綱代わりに掴む。それでも睨み合うふたりの図は、本人たちの意思はどうあれ、傍《はた》から見ていて面白かった。相変わらず仲が良いね、なんて言えば、ふたり揃って「良くない」なんて気の合うセリフを言うのだろう。

「ね、志。今日のピアノはどうだった？」

訊ねると、志はぱっと表情を変え振り返る。

「あのね、『子犬のワルツ』、上手になってるって褒められちゃった！」

「へえ、あのテンポの速い曲だよね。すごいね」

「えへへ」

志の背負っているピアノ教室のリュックには、いつもずしりと楽譜やら何やらが詰め込まれている。学校の教科書や宿題は忘れがちな志も、ピアノ教室への教材は一度だって忘れたことがない。それだけ真剣に打ち込んでいるのだろう。ピアノを弾いている時の志は、いつだって活《い》き活きとして楽しそうだ。

「ふうん、頑張ってるんだなあ」

応援しているようには見えない顔で司が言う。

「当然。志はもっともっとピアノを練習して、超上手くなるんだから」

「なんだ、ピアニストにでもなる気かよ」

「違う！　志はね、ピアノの先生になりたいんだよ」

「先生だって？」

　司がぼくに目を向ける。

「確か、瑛も先生になりたいって言ってたよな」

「まあね。ぼくはピアノじゃなくて、学校の先生だけど」

「お兄ちゃんなら絶対なれるよ。頭良いし優しいもん」

　ぴょんと跳ねる志の頭を撫でてやると嬉しそうに目を細める。そしてその仕草を見ていた司も同じように目を細めていた。志と違い、なぜだか随分険しい表情だったけれど。

「そういえば、司の将来の夢って聞いたことなかったね」

　声を掛けると、幾分か司の表情が和らぐ。

「おれはまだそういうのって考えたことなかったからな。よくわかんねえ」

「司くんは子どもだね」

「うるせえよ。ああでも、せっかく海外に行くんだ、英語をしっかり話せるようになって、世界で活躍する人間にでもなってやろうかね」

そう言って笑う姿はなんとも司らしい。どんな時も自信を持って真っ直ぐに立ち、しっかり前を見据える。ぼくの尊敬する司の姿そのものだ。

「きっとそうなるよ」

すぐ先に訪れる司のいない日々は想像できないのに、遠い未来の活躍する姿ならありありと思い浮かんだ。

その時に近くにいられたとしても、遠くにいたとしても、ぼくは変わらず司の道を応援するし、彼の友達であることを誇りに思うだろう。そして自分も、司に見合う人間でありたいと思う。

「さあ、いつまでもここにいたって仕方ねえ。帰ろうぜ」

司が歩き出すのに合わせ、ぼくと志も家のほうへと足を向ける。

けれどその時、ふと、踏み出しかけた足を止め振り返った。

「瑛、どうした？」

「……いや」

今、視線を感じた気がした。誰かに見られていたような……。

でも近くに人は見当たらない。変わった様子もないし、気のせいだろうか。

「なんでもない。行こうか」

「今日の夜ごはん何かなあ」

「確かおれんちはビーフシチューだったはず」

「ビーフシチュー？」

「志は何がいい？」

「うどん」

　飛ぶようにスキップしながら志がぼくらの前に出る。「落ちたらワニに食べられる」と言いながら白線の上を器用に歩く志の後ろを、ぼくも司も真似しながらふらふらと歩く。

◇

　司のお別れ会は予定どおり行われた。ランチからはじめられるように開始は十一時半から。仲の良い友達や、その友達が連れて来た奴らまで、男女二十人近くが参加する賑やかな会になった。

　広々とした庭に司の両親が準備してくれた会場には、食べ物やら飲み物やらがところ狭しと並んでいる。メンバーは育ち盛りの食べ盛りばかりだけれど、おばさんが用意してくれたものの他にも参加者たちが持ち寄った差し入れもあり、物足りなくなる心配はする必要がなかった。

昼前からはじまった会は、盛り上がったまま夕方まで続いた。

お別れ会とは名ばかりで、ランチが終わったあとは、結局いつもと変わらずみんなでお菓子を食べながらくだらないことを喋り合って笑っていた。一応主役ということで最初は目立つ席に座らされていた司も、いつの間にか他のみんなに混ざり、主役席には別の奴が座っている。ぼくもぼくで、普段以上にテンションの高い陽気な友人たちに絡まれて、あっちへ行ったりこっちへ行ったり、司のための会なのにほとんど司のそばにはいられないまま、それなりに楽しい時間を過ごしていた。

夕暮れが近づく。パーティーは終盤の雰囲気になり、自然と各々が司のために用意したプレゼントを渡す時間となった。しかしぼくは贈り物は持って来ていない。司本人から「いらない」と言われていたからとりわけ罪悪感はないけれど、この場にただ突っ立っているのはさすがに気が引けたので、そっと輪を抜けお手洗いに向かった。

用を足し庭に戻っても、まだプレゼントタイムは続いていた。みんなが司を中心に集まって盛り上がっている中で、けれどひとりの女子が、まるでぼくを待っていたかのようにバルコニーのそばに立っていた。

「瑛くんは、司くんに何をあげるの？」

その子は隣のクラスの女子で、司とはそこまで親しくなかったはずだ。今日来ている男子にくっついてやって来た子だった。別段悪い印象も持っていなかったので、にこりと笑って返事をする。

「ぼくは何もあげないよ」

「そうなの？」

「司からいらないって言われてるからね。それなのにあげたりしたら怒られちゃうんだよ」

「そうなんだ。司くんと仲が良いはずなのにプレゼント渡そうとしてなかったから、なんでかなって思ってたんだよね」

司との仲を取り持ってほしいのだろうか、と最初は思ったけれど、どうやら違うらしい。この女子は、ぼくのほうに興味があるようだ。

上目遣いでぼくを見る姿は可愛らしく、自分が良く見える角度を熟知しているのだなと感心した。小学校までは男子も女子もそう変わらず馬鹿なことをやっていたのに、中学に入ってから、急に女子だけが大人になったように思う。

「ねえ瑛くん、これ終わったら、一緒に帰らない？　ちょっとどこかに寄って喋っていこうよ」

「いや、ぼくは」

上着を脱いだノースリーブの腕が触れる。女の子の肌は、柔らかくてほのかに冷たくて、触れられて悪い気はしないけれど、特に良い気もしなかった。

さてどうしたものか、と思っていた時。

「瑛！」

大量のプレゼントを抱えながら、司がこちらへやって来た。

「今からみんなで写真撮るんだ。行こうぜ」

司に腕を掴まれ、みんながいるほうへと引っ張られる。ちらっと振り向いて女の子を見ると、ちょっと怖い顔をしながらも渋々といった感じでこちらへ歩いてきていた。

「助かったよ、司」

小声で言うと、司は何も言わずに視線を少し向けただけだった。

集まっているみんなの中心に司と並んで立ち、テーブルに置かれたデジタルカメラのレンズを見つめる。周囲はまだ立ち位置が定まっていないようで、モニター確認係からの指示を受けながら立ったり座ったり横にずれたりしている。

「なあ瑛、これ、もうすぐ解散になりそうだけど」

司が、ぼくにだけ聞こえるように言った。

「ああ、うん。片付け手伝っていくよ」

「助かる。なあ、そのあとってまだ空いてる？」

「夜ってこと？　家に連絡さえ入れれば問題ないよ」

「じゃあ、おれたちだけで二次会しようぜ。夏休みに使った花火がまだ残ってるんだよ」

ぼくらは夏休み中、家族や友達と何度も花火をして遊んだ。この季節にしかできない遊びは、どこか非日常を味わえて、どれだけやっても飽きることはなかった。

「いいね」

答えると、司は目を細めて笑った。

撮るよ、という声が掛かり、ぼくらはレンズの前で揃ってピースをした。


広いグラウンドのある近所の公園は、手持ち花火なら遊ぶことが許可されていた。

みんなが帰り――あの女子もなんとか帰らせ、片付けをしたあと、花火とバケツを持って司とふたりでこの公園まで来た。夏休みの間は他のグループがいることもあったけれど、九月も中旬の今は他に誰もいなかった。

「知ってるか瑛、この公園って夜中になると、白い服を着た女の幽霊が出るらしいぜ」

「へえ。みんなそういうオカルトちっくな噂話《うわさばなし》が好きだよねえ」

「瑛はこの類、信じないよな」

「話を聞くのは面白いけどね」

公園の水道でバケツに水を入れ、懐中電灯のあかりを頼りに持ってきた花火を袋から取り出す。ふたりで遊ぶには十分な量だ。

「じゃ、おれはこれから」

司が一本の花火に火を点けた。少し焦げ臭いにおいがして、その直後、花火の先端から白い光が飛び出した。

滝のような火の光に、ぼくも別の花火の先を近づける。司の花火から火を貰い、また別の光が生まれる。

「急げ急げ、瑛。今日はふたりしかいないから、どちらかが火を絶やせば終わりだぞ」

火種はまだあるのだから絶やしたところで問題ないのだけれど、なぜだか火を途切れさせてはいけないという謎のルールが生まれてしまった。

ぼくは慌てて次の花火に火を点ける。しゅうっと音を立て燃える先端から綺麗な火花が噴き出す。

「見てみろ瑛！」

声に振り返ると、司が両手に六本も花火を持ちながらグラウンドを走っていた。司の通ったあとに光の道しるべができている。

「おい、そんなやり方したらすぐになくなっちゃうだろ」

「ちまちま遊ぶよりもいいだろうが。楽しいぞ」

司は踊るようにくるりと回る。街灯も少ない夜の中、司の周りにできた六本の光の線は、明るく幻想的でとても綺麗に見える。

「まあ、それもそうだね」

ぼくも負けじと未使用の花火を掻き集め、一気に点火した。本数を増やすと、ぼくを中心に数十センチの範囲だけが昼間のように明るくなった。

「お、やるなあ瑛！」

「これ熱いんだけど」

「心頭滅却すれば火もまた涼しってやつだよ」

「こんな状態で心を無になんてできないって」

燃える花火の火の粉から逃げながら、宙に文字を書こうとしてみた。けれどさすがにそれはできない。光は夜の闇に残らずに、粉になって消えてしまう。

「楽しいな瑛！」

司が叫んでいた。そうだね、とぼくは答えた。

夏休みに家族や友達と大人数で遊んだ時と比べれば、賑やかさも花火の数もずっと負けている。それなのに不思議と今のほうが充足感があった。ぼくらは今しかできないことをしている。ぼくらは、誰よりも自由だった。

そんなふうに遊んでいたから、あっという間にほとんどがなくなってしまった。バケツには燃え尽きた花火が物悲しげに刺さっている。派手に火を噴くタイプの花火はすべてその中にあり、いまだ燃えずに残っているのは、線香花火のみだった。

「あとはこれで終わりか」

「うん。三束あるね。一束……六本ずつか。十八本」

「さすがにこれをまとめて使うのは情緒がねえよな。地道にやるかあ」

「だね」

ふたり向かい合ってしゃがんで、紐で括《くく》られていた線香花火の束を一本ずつ別けていく。その最中、

「瑛」

と呼ぶ声がして振り向いた。公園の入口に、薄ぼんやりと見慣れたシルエットがふたつ浮かんでいた。

「母さん。どうしたの？」

「邪魔してごめんね。司くんも。実は、瑛が司くんと花火をしてるって言ったら、志がどうしても行きたいって駄々捏《こ》ねて泣いちゃって」

「志が？」

困った顔で笑いながら公園内へ入って来る母さんの脇には、エプロンにぎゅっとし

がみつく志の姿があった。随分泣いたのだろう、丸い目は真っ赤になり、まだ少し涙できらきらしている。

「志も花火したかったの？」

訊くと、志はこくりと頷く。

「でも、もうほとんど終わっちゃって、線香花火しか残ってないんだけど、それでもいい？」

やはり志は頷いた。司を見ると、仏頂面をしながらも縦に首を振ってくれる。

「わかった。じゃあ一緒に線香花火やろう。おいで」

そう言うと、志の表情が一気に華やいだ。ちょこんとぼくの隣に座り、落ちていた線香花火を嬉しそうに拾い上げる。

「母さん、志のことは任せて。先に帰っていいよ」

「よろしくね瑛。司くんも、ありがとね」

「いえ、構いません」

帰っていく母さんを見送る。その背中が見えなくなったところで、司は浮かべていた笑顔をさっと消し、露骨に顔を歪めた。

「ったく、おまえはどうしてこう邪魔ばっかりするんだよ。せっかく瑛とふたりで遊んでたってのに。なんでおまえが来るんだよ」

あまりにもあけすけとした態度に、きっとこの表情と言葉を向けられたら大半の女子はショックで泣いてしまうだろうと思った。しかし志は毛ほども気にすることなく、まだ火の点いていない線香花火を指先からぶら下げ、にこにことしている。

「司くんはお昼からずっとお兄ちゃんといるんでしょ。だったらもういいじゃん。志だってお兄ちゃんと遊びたいんだもん」

「あのな、昼は他の奴らがいて、おれは全然瑛と喋れなかったんだよ」

「だから何？　志はそんなの知らない」

「この野郎……」

「まあまあ」

放っておいたらいつまでも言い合いをしそうだったので、ぼくは急いでマッチの火をそれぞれの線香花火に点けた。ぱちぱちと散りはじめた火花にさすがのふたりも喧嘩をやめ、小さな火の花にじっと見入っていた。

自分の花火も点火する。最初は小さく飛んでいた火花が、徐々に大きく弾《はじ》け出す。広い公園の片隅で三人で輪になって、手元の明るさを、何かを見つけようとするかのように見つめ続ける。

「綺麗だねえ」

志が呟いた。

「そうだな」

と珍しく司が同意する。

徐々に火花の数が減り、ぷくりと膨らんだ持ち手の先っぽが重力に耐え切れずに落ちた。燃え尽きたら次の花火に火を点ける。ひとり六本ずつ。やがてそれぞれラスト一本となり、持っていた最後の線香花火に点火した。

ぱちぱち、夢のように、繊細に弾ける。

夜を小さく照らす明かり。

まず、ぼくのが消えた。それから間を空けず司の花火が消え、最後に残ったのは志の線香花火だった。

志の手から伸びた細い線の先で、必死に短い生を生きようとする火花。ぼくらは一緒にそれを見ていた。ちりり、ちりりと燃える、派手さのない線香花火は、それでも一生懸命に叫び声をあげているようだと思った。

ぷつりと、火の玉が落ちた。

辺りが暗くなる。

「夏が、終わったな」

司が妙にしみじみと言うので、感傷に浸るどころかむしろ笑えてしまった。

「何その台詞《セリフ》」

「だって今の、なんか終わった感あっただろ。すげえ寂しくなっちゃってさ」

「はは、まあ確かにそうだけど。でも夏を終わらせるには早いよ。そうだよね志」

消していた懐中電灯を点け、立ち上がって片付けをはじめる。

「そうだよ。だってまだ青見祭りがあるからね」

志がぴょんと飛び上がる。夏休みに浴衣を買ってもらって以来、志はずっと青見祭りに行くのを楽しみにしている。

「はっ、そうだった！　おれとしたことが忘れてたぜ。もう来週だよな。なあ瑛、一緒に行こうな」

「ちょっと、駄目だよ！　お兄ちゃんは志と一緒に行くんだから、司くんとは行かないよ」

「はあ？　おれはな、次にいつ行けるかわからないんだぞ。おまえは来年も再来年も行けるだろうが」

「それでも今年は今年しかない！」

「落ち着いて。三人で行けばいいだろ」

司も志も納得はしていない様子だったけれど、言い合いは一旦止まった。ふたりともぶすっとした顔のまま、睨み合ってからお互いに背を向け、黙々と片付けをはじめた。

その様子にまた笑いが込み上げる。本人たちに言えばせっかく止まった喧嘩が再開してしまうだろうから決して言わないけれど、やっぱりふたりは似た者同士で、とても仲良しだ。

「いい思い出になるといいよね」

志の言うとおり、今年は今年しかない。これからも祭りには行けたとしても、今のぼくたちが揃って一緒にいられるのは、今だけしかないんだ。

たとえ離れ離れになったって来年も再来年も、何年先もみんなで一緒に笑い合えるように、今は今の楽しい思い出を、めいっぱい作れたらいいと思う。

志

「じゃーん！」

龍樹とふたり、お茶を飲みながら上がり框《かまち》に腰かけて待っていると、浴衣を着付けてもらった美寄が自前の効果音付きで奥から登場した。

「どう？　似合う？　美人？」

「わあ、すっごい似合ってるよ！　美人！」

「えへへ」

仕立てを頼んでいた美寄の浴衣が完成し、バイトのない平日の学校帰りに龍樹の家である『呉服美濃屋《ごふくみのや》』へ受け取りに来た。

本通りの一等地にあるこの呉服屋は、江戸時代から続く老舗であるらしく、年代物の和の建築が深い味わいを醸し出している。一見していかにもお堅い高級呉服店だけれど、まさにそのとおりの高額商品だけでなく、安価で買えるレトロでお洒落《しゃれ》な和服や小物も取り揃えている。タウン情報誌にもよく登場する、この辺りでは人気の店だ。

美寄は、白地になでしこ柄の浴衣を着ていた。以前みんなで一緒に選んだ柄だ。体形に合わせて仕立てた浴衣は身長の高い美寄にもぴたりと合い、から紅《くれない》の帯と合わせると、可愛らしく品の良い印象を与えた。

「よっしゃ。今年はこれ着て青見祭りに初参戦するぞ」

美寄が涼しげな和装に似合わないガッツポーズをする。

「誰と行くんだよ。おれは家の手伝いがあるから付き合えないぞ」

「当日までに彼氏作るから。心配ご無用」

「やべぇじゃん。もう二週間ちょっとしかないけど間に合うのかよ」

「余裕」

恐らく当てはないのだろうけれど自信満々に美寄は答える。

「そういえば、志も祭りの日、バイトするんだっけ」

「うん。うちのカフェも、端っこだけど一応本通りにあるからね。祭りの時はめちゃくちゃ忙しいんだってさ。さすがに休めないよ」

「じゃあ志が一生懸命働いてるところ、見に行ってあげるね」

いひひ、と可笑《おか》しな声で笑いながら、美寄は着たばかりの浴衣を脱ぐために奥へと戻っていった。

他に客のいない静かな店の中で、龍樹と並んで座りながらのんびりと美寄の着替えが終わるのを待つ。

「志は浴衣を着る予定はないの？」

ずらりと並んだ反物を眺めていると、龍樹がそう訊いてきた。

「そうだね。バイト先で、祭りの時に従業員も浴衣を着ようかって話が上がったんだけど、動きにくいからどうかなあってことになってて」

「浴衣は別に動きにくくないだろ」

「みんながみんな、あんたみたいに和服を着慣れてると思わないでよ」

この店の御曹司として育てられた龍樹は、小さい頃から和装に慣れ親しんで来たらしい。けれどわたしにとって浴衣というものは、とても特別な衣装だった。年に数回もない、祭事がある時にだけ着る、いつもと違う自分になれる服。

「でもま、もし着たくなったら言えよ。うちはレンタルやってないけど、志になら貸してやってもいいし」

「へえ、やけに優しいね。わたしにそんなことしても、上顧客にはなれないよ」

「馬鹿、商売してるわけじゃない。志の浴衣姿も見てみたいと思っただけだよ」

龍樹の言葉に、わたしはつい顔をしかめる。

「……あんたもしかして今、わたしのこと口説いてる？」

「んなわけないだろ。気持ち悪いこと言うなよ」

「いや、あんたが先に気持ち悪いこと言うから」

するとその時、奥からどたばたと足音がし、

「あたしも志の浴衣姿見たい！」

と制服姿に戻った美寄が大声で宣言しながら飛び出してきた。

「ねえ、志も買えばいいのに。若旦那がお安くしてくれるってさ」

「そんなことは言ってねえよ」

「でも着る機会ないし」

「作ればいいよ。普通に浴衣着てお出かけしたらいいじゃん」

「お、それはおれも賛成だ」

龍樹が笑って美寄に答える。龍樹は和装友達が年上しかいないから、同年代の仲間を作りたいのだろう。

「まあ、考えとくよ」

「なんか信用ならない返事だなあ」

「美寄、お茶いる？」

「いるいる」

空いているコップにピッチャーからお茶を移し手渡すと、浴衣の着付けで随分のどが渇いていたのだろうか、美寄は受け取ったお茶を一気に飲み干した。

「ああ、生き返る。これでちゃんと家まで帰れそう」

「飲まなきゃ帰れなかったのかよ」

「このあとどうする？　どっか寄ってから帰る？」

「あ、それなんだけど」

置いていた鞄と浴衣の入った紙袋を引っ掴み、美寄は何やら満面の笑みで、わたしと龍樹とを交互に見た。

「あたしちょっと行きたいところがあるんだよね」

「行きたいところ？」

「ここから、〝ヨゴト様〟って近いんでしょ」

美寄の口から出た言葉に、わたしは龍樹と顔を見合わせた。

ヨゴト様。

この名前は、地元の子どもたちであればまず知らない人はいないだろう。けれど、隣の市に住む美寄が知っているとは思わなかった。

「今日さ、隣のクラスの子が話してるの聞いたんだ。ヨゴト様って、本当に叶えたいと思ってる願いを叶えてくれるんだって？」

声を弾《はず》ませる美寄に、わたしと龍樹は揃って苦笑いを浮かべる。

「確かその話、小学生の時に流行《はや》ったな。都市伝説の類だよ。口裂け女みたいなさ」

「でも話してた子は、本当に願いが叶ったって言ってたよ。飼ってる犬の病気が治ったんだって。絶対に治らないって獣医さんに言われてたのに」

「本当に？　偶然じゃないの？　もしくは作り話か」

「つうか美寄、なんか願いごとでもあるのかよ」

「いや、あたし願いは自分で叶えるタイプだから、特にないけど。でもなんだか面白そうだなって思ってさ」

「面白半分ならやめとけよ。おまえが期待してるようなもんはないぞ」

「とにかく、わたしも一回ヨゴト様を見てみたいんだって」

引く様子がないため、わたしは龍樹に「どうする？」と目線で訴えた。龍樹は渋い顔をしていたけれど、やがて重たげに頷いた。


ヨゴト様は、本通りから一本隣に入った裏通りにある。華やかな本通りと違い、裏通りは至って静かな細い通りだ。

本通りから脇道に入り、数メートルも歩くとすぐに裏通りへと出る。立ち並ぶ古い商家の裏手と、昔ながらの大きな民家に挟まれた石畳の道は、いつ来ても人の気配はなく、どこか寂しげな空気を漂わせている。

ヨゴト様とは、この裏通りの行き止まりに建っている祠《ほこら》の名前だ。

ヨゴト様の〝ヨゴト〟とは〝寿詞〟と書いて、祈願の意味があるらしい。本当かどうかはともかくとして、地元の子どもたちはみんなこの小さな祠を「ヨゴト様」と呼んでいた。

美寄の言うヨゴト様の噂については、わたしも聞いたことがあった。なんでも、誰にも知られないように、誰にも見られないようにヨゴト様にお参りし、叶えたいことを強く願えば、どんなことでも叶えてくれるという。

どう考えても胡散臭《うさん》い、こういったオカルトじみた話は、子どもの興味を引きやすい。今でこそあまり聞かなくなったものの、小学生の時には同級生のほとんどがこの話を知っていた。

「これが、ヨゴト様?」

民家の塀と商家の壁に挟まれ、ひっそりと佇《たたず》む祠を前に、美寄が呟く。

祠は、いつからあるのだろうか、随分年季が入っている。恐らくこの町ができた時からあるのだろうと思う。

木は変色し、ところどころ傷んでいるけれど、元々がよほど丁寧に造られているのか見た目のわりにはしっかりと建っていた。格子の扉は南京錠が掛けられ固く閉じられている。開いているところは見たことがない。

「そうだ。こちらが噂のヨゴト様だ」

龍樹が屋根の上に載った落ち葉を払いながら答える。

「どうだ？　別に面白いもんじゃないだろ」

「うん。それに……なんか、ちょっと不気味だね」

「こら、なんてこと言うんだよ」

「だって普通祠って、交差点とか、通りの入口とかにあるじゃん。それなのに、こんな細い通りの行き止まりにあるなんてさ……」

美寄は一歩だけあとずさり、やや顎を引き気味に、古い祠を眺めた。

「なんか、入っちゃいけない入口を、塞いでいるみたい」

しんと静かな通りには風の音もなく、まるで別の空間へ来てしまったかのようにも思えてしまう。

遠くで車のクラクションが鳴り響く。

「馬鹿言うな。そもそも美寄が願いを叶えてくれるって言ったんじゃないか」

「そうだけど」

「まあ願うなんてのは軽々しくするもんじゃないけどな。ヨゴト様はここで町を見守ってくださっているんだ、するなら願いごとじゃなく、感謝だな」

龍樹はそう言うと、祠の正面に立ち、ゆっくりと両手を合わせた。

「いつも見守ってくださって、ありがとうございます」

目を閉じ、静かに感謝を述べる龍樹。わたしは隣でじっと龍樹の横顔を見ていた。

なぜかその姿に既視感を覚えた。

ヨゴト様へ向かう龍樹の横顔が、別の誰かのそれと重なる。

なんだろう、と思うけれど、それ以上鮮明には浮かばない。

「そら、おまえらもちゃんとご挨拶とお礼をしろよ」

顔を上げた龍樹に言われ、わたしと美寄も同じようにヨゴト様へお参りをした。

両手を合わせ、龍樹を真似して感謝を伝える。ここへは小学生の時に何度か友達と来たことがあるけれど、こうしてきちんとお参りをしたのは初めてだった。

「美寄もこれで満足したろ。さあ、行こうぜ」

合わせていた両手を下ろし目を開ける。同じくお参りを終えた美寄が、荷物を持ち直しつつ大きなため息をついた。

「勝手に期待しすぎるのもよくないなあ」

「本当だよ。噂を楽しむのもいいけど、ほどほどにな」

「はあい」

夕方の色に変わった空を眺めながら、わたしたちは本通りへ戻るため、もと来た道を帰ろうと歩き出した。

その時。

『ユキ』

ぱっと振り返る。

息を止め、瞬きもせずに辺りを見る。

今、誰かに名前を呼ばれたような気がする。

「……」

しかし振り返った先には誰もいなくて、ぽつりとヨゴト様が佇んでいるのみだった。

声なんて、もちろん聞こえない。

気のせい？　いや、でも、確かにわたしの名前が聞こえた。

小さな子どものような声で。

「志？」

「どうした？」

先を行っていた美寄と龍樹が立ち止まる。わたしはゆっくりと祠に背を向け、ふたりのところへと駆け寄った。

「……なんでもないよ。行こっか」

「ハンバーガーでも食べて帰る？」

「そうしよ」

そしてわたしたちは夕暮れ時の裏通りを、足音を立て進んでいく。

鞄の鈴が、チリリンと鳴る。

◇

今年の青見祭りは九月二十五日にある。元々は重陽《ちょうよう》の節句に合わせ行っていたらしく、いつからか九月の第四日曜日にやるようになったそうだ。

町の五つの地区がそれぞれ持っている五つの山車が青見城跡の隣にある青見神社へと宮入りする。その後山車は順に神社を出て町の中を引かれる。これが青見祭りのメインのイベントだ。

山車はそれぞれのルートで町中を駆け回り、夜が近づくとふたたび青見神社へと集結する。その際すべての山車が、青見神社へ直接つながる本通りを通り抜けることになる。五つの山車の引き回しを順に見ることができるのは本通りだけ。そのため、本通りは祭りの最中に最も人が集まる場所であり、青見城跡から上がる花火を綺麗に見られると評判の人気スポットでもあった。

「というわけで、希望者は浴衣を着るってことになったんだけど」

バイト先に行き着替えていると、奥さんが意気揚々と、青見祭り当日に関する連絡事項を伝えてきた。

このカフェも本通りに位置するため、祭り当日は大勢のお客さんが訪れる。オープンしてからこれまでは、その年に一度の書き入れ時を乗り切ることだけで精一杯で、祭りらしいことをしてこなかったらしい。だから今年こそは、というわけで、祭りの日にはスタッフみんなで浴衣を着て仕事をしようという案が出た。しかし浴衣だと動きづらいという意見もあったため、一時保留となっていた。

「強要はしないけど、やっぱり浴衣を着ると華やかになるし、お客様にも喜んでもらえるからね」

「いいと思います。常連さんの中でも、着てほしいって言ってる人が何人かいましたし」

「そうだよね。で、志ちゃんはどうする？」

奥さんが期待のまなざしを向けてくる。どうする、とは、浴衣を着るか着ないか、ということだろう。

「着ません。浴衣、持ってないですし」

「ええ！　そうなの？　志ちゃんの浴衣姿見たかったのにい」

「すみません」

なんだか同じようなことをついこの間言われた気がする。美寄と龍樹の顔を思い浮かべながら、エプロンの紐を結び、店に出る。

「おはようございます」

「あ、志ちゃん、おはよう」

カウンター内で調理をしていたオーナーに挨拶をし、ちょうど出来上がったばかりだったパンケーキを指定のテーブルへと運ぶ。

土曜ともあって店内はほぼ満席だったけれど、お客さんたちはのんびりと会話やひとりの時間を楽しみ、慌ただしい様子は特になかった。

料理をお客さんに提供しながら、ふと、窓の外の通りに目をやった。

今も観光客の姿が多く見えるこの通りが、青見祭りの日には、さらに大勢の人で賑わうことになる。わたしが最後に祭りに参加したあの日も、たくさんの人が色とりどりの浴衣を着てこの通りを歩いていた。華やかで幻想的な非日常の中に、わたしたちはいた。

「ねえねえ、志ちゃん浴衣着ないんだってさ」

カウンターに戻ると、奥さんがオーナーに残念そうにそう伝えていた。

「え、そうなの？　志ちゃんはうちの看板娘だから、ちょっと期待してたのになあ」

「浴衣持ってないんだって」

「ううん、それなら仕方ないね。うちに貸してあげられるものがあればいいんだけど」

「わたし用のしか持ってないのよねぇ」

ふたりの会話に少し苦笑いをする。よほど浴衣姿を期待されていたらしいと知り、ちょっとだけ申し訳なく思った。わたしはスタッフの中で一番年下だからか、スタッフ内でも常連さんの間でもどこかマスコット的な位置づけをされている。となると、浴衣を着る役目は担ったほうがいいのかもしれないけれど、やはり着る気にはなれない。

「そういえば、オーナーってヨゴト様について知ってますか？」

ふと、龍樹たちと浴衣の話をしていた日のことを思い出し、話題も変えられると思い訊ねてみた。

「ヨゴト様？　そこの祠だよね。もちろん知ってるよ、妙な逸話があるんだよね」

「あ、やっぱり知ってるんですね」

「志ちゃんこそ。若い子にもこの話って広まってるんだねぇ」

オーナーはわたしと十以上歳が離れていたはずだ。ヨゴト様の噂は、世代は関係なく、この町で育ったのであれば知っていることらしい。

一体いつ頃からある話なのだろうか、思っている以上にはじまりは古いのかもしれない。

「ヨゴト様って？」

奥さんが興味深げに訊いてくる。

「裏通りに古い祠があるのって知ってますか？」

「行き止まりの？　ちょっと不思議な位置に作られてるよねえ、あの祠」

「そうです。ヨゴト様ってのはその祠のことなんですけど、強い望みであれば、なんでも願いを叶えてくれるっていう噂があって」

「願いを叶えてくれる？」

と言ったのは、奥さんではなくオーナーだった。オーナーは首を傾げ、記憶を探るように目線を斜め上に飛ばす。

「志ちゃんの世代ではそんな話になってるのかあ」

「オーナーが知ってる話は違うんですか？」

「ぼくら世代の間では、ヨゴト様は呪いの祠って言われてるよ」

「呪い？」

驚いた。そのようなマイナスな単語は、わたしが知っているヨゴト様の噂にはない。

「ヨゴト様に参ると呪われる、とかですか？」

「違う違う。そうじゃなくて、どうしても憎い相手をヨゴト様に伝えると、その相手を不幸にしてくれるって話さ。だから "呪いの言葉" って書いて "呪言様(よごとさま)" って呼ばれてるんだ」

「……なんですか、それ。聞いたことないです」

「ぼくの同級生はみんな、この話を知ってるんだけどねえ」

呪言。なんとも禍々《まがまが》しい響きだ。わたしが知っている話では寿詞と書くとされていて、字面からも言葉の意味からも怖い印象は受けない。

「おまけに、自分自身のことは幸福にしてくれるんだって。まあ、ある意味願いを叶えてくれているとも言えるよね」

「なんか、怖いねぇ」

朗らかに笑うオーナーとは対照的に、奥さんはやや不安げな顔をしていた。確かに、呪いだなんてエピソードはあまり穏やかではない。真偽はどうあれ祠そのものは実在するわけだから不気味にも感じてしまう。

もしかしたら、それもあってわたしたちの世代には話の良い部分だけが取り上げられて伝わっているのかもしれない。龍樹の言っていたことによればヨゴト様は町を守ってくれているものであるみたいだし、おかしな噂のせいで忌み嫌われてしまうのを防ぐためでもあるのだろう。

とはいえ、なんにせよ眉唾ものではあるけれど。

「まあ、こういう七不思議みたいなものなんて、どこにでもあるでしょ」

そして恐らくその九十九パーセントは、ただの作り話であるのだ。


十七時にバイトを終え、用事もないので少しぶらぶらしながら帰路についていた。

確か今日はお父さんもお母さんも仕事に行っていたはずだ。帰りは遅いだろうから、どこかで夕飯を食べて帰ろうか。

そんなことを考えながら、ぼうっと路肩のファストフード店を眺めつつ歩いていると、突然目の前に知らない男の人が現れ、わたしは思わず立ち止まってしまった。

「ねえ、今ひとり？　高校生？　この店見てたよね。良かったら一緒にどう？」

いくつか年上らしい、頭のてっぺんから爪先まですべてが軽そうな男だった。

……これってもしかして、ナンパってやつだろうか。わたしには縁のない話だと思っていたのに、まさか経験する日が来てしまうとは。

『いい、志。ナンパを否定はしないけど相手は九割ろくでもないから、そんな男には付いていっちゃ駄目だよ』

と声を掛けられたこともないわたしに美寄が口酸っぱく教えてくれたのを思い出す。

この人はどう見ても、ろくな男じゃなさそうだ。

「いえ、あの、見てただけなんで」

「おごるよ。好きなの食べていいからさ。おれいっぱい食べる子好きなんだよね」

「遠慮します」

「いいじゃんいいじゃん」

「だから」

振り払っていこうとしても、男はしつこくそばを離れない。へらへらっとした笑顔が癇《かん》に障《さわ》り、つい右手の拳を握り締めた。

その時。

「うちの妹のお友達?」

ぐっと肩を引かれ、誰かの腕の中へすぽりと納まってしまった。顔を上げると、司くんが恐ろしく綺麗な笑顔を男に向けていた。

「あ、えっと……え?　お兄さん?」

「ええ。この子の」

「あ、そうですか。あっと、人違いだったみたいです、すいません。じゃ」

男は早口でそう言い捨てるとあっという間にその場からいなくなってしまった。

美形の笑顔とはなんとも強力な武器なのだな、と思っていると、わたしを抱いていた腕が下がり、浮かべていた笑顔をすっかり消し去った司くんが盛大なため息をついた。

「おまえ、何一丁前にナンパなんかされてんだよ」

助けてもらったお礼を言うところだったけれど、その言葉にむっとして、つい反抗的な態度を取ってしまう。

「うるさいな、好きでされたわけじゃないもん。ていうか、そっちこそ、誰が妹だって?」

「恋人だって言うよりずっと信憑《しんぴょう》性があるだろ」

どういう意味だ、と訊こうとしてやめた。どう考えても余計に腹の立つ答えしか返って来そうにない。不毛だ。

「司くん、こんなところで何してんの」

歩き出すと、司くんも後ろをついて来た。土曜の賑やかな通りを淡々と進む。

「両親に、知り合いとのティーパーティーに連れていかれてたんだよ。すぐそこに、昔の馴染みの店があって」

司くんの両親は、アメリカに行く前からパーティーやお茶会が好きな人たちだった。司くんの家の庭で行うホームパーティーにも何度か家族でお邪魔したことがある。

「それで、ディナーにも連行されそうだったから、どうにか逃げてきたとこだ」

「なんで?　別にいいじゃん、夕飯くらい」

「向こうの家からも娘が来てたんだ。親同士は冗談なのか本気なのか、やけに似合いだなんだと言いやがって。娘のほうもやたらめったら色目を使ってくるし。鬱陶《うっとう》しくて敵わねえ」

心底嫌そうな顔をする司くんに、わたしはつい笑ってしまった。

光景がありありと浮かんでくる。司くんは外面《そとづら》はいいから、きっと笑顔で優しくされて、相手の女の人は期待しただろう。

「司くんって今彼女いないの？」

「ああ。だから両親も気を遣っているんだろうよ。久々にこっちに帰って来て、あまり知り合いもいないだろうからおれが寂しい思いしてるんじゃないかって思ってるんだ。くそったれ、余計なお世話だっての」

吐き捨てるように言いながら、司くんは晴れた空を仰ぎ見る。

「一緒にいるなら、尊敬し合える奴がいい」

それはわたしも同意見だ。恋人にしろ友達にしろ、理由もなく好きという感情だけでは長く一緒にはいられない気がしている。わたしは、いつでも意志を真っ直ぐに持っている美寄や、龍樹の穏やかで懐の深いところを尊敬している。だからあのふたりとはこれからも付き合っていけると思っている。

「尊敬、か」

司くんにとっては、どういう人が尊敬し合える人なのだろう。

尊敬し合える奴、なんて。

まるで誰かのことを想定しているみたいな言い方だ。一体、誰のことを言っているのだろう。

「そうだ、おまえに言うことがあったんだった。志、明日空いてるか？」

司くんが横からわたしを覗き込む。

「空いてるけど、何かあるの？」

「七年前の誘拐事件について詳しく知っている記者と会えることになった」

「記者？」

訊き返せば、司くんは「ああ」と頷く。

あの誘拐事件の日以来、この町に多くの報道関係者が訪れた。しばらくはお兄ちゃんの失踪も誘拐事件に絡んでいるとされていたから、我が家にも連日記者だと名乗る人たちが押し寄せていた。

「まだ瑛の件も関係していると思われていた時に、何か知っていたら教えてくれと言われて名刺を貰ったんだ。仕事用の電話番号の他に手書きで私用のも書いてあってな。会社はもう辞めたのか仕事用のは繋がらなかったけど、私用のほうで連絡が取れた」

「名刺って……司くん、あの時って中一でしょ。まだ中学生の、しかも当事者の親友に話聞こうと名刺渡すなんて、ちょっとモラルに欠けてるんじゃないの」

「おれもそう思ったから当時は話なんてしなかったんだよ。でも捨ててなくて助かった」

まさか今になって役立つとはね、と司くんは続け、記者と約束している時間と場所のメモをわたしに手渡した。

「この人が調べていたのはあくまで誘拐事件であって、瑛のことではない。おまけに記者だから、知り得たことのほとんどはすでに表に出ているだろう。だから何も得られないかもしれないけど、まあ、何もしないよりはましだろう」

わたしは、手元の小さなメモを見る。

明日の午後二時。よく美寄たちと行くファミレスで。

七年前、家に散々押し掛けてきた人たちのことを思うと、記者というものにあまり良い印象は抱けない。子どもの失踪は思っている以上に多く起きているそうだから、誘拐事件さえなければあれほど大きく報道されることはなかっただろうけれど、お兄ちゃんの失踪は誘拐と関連を疑われていたせいで、無関係だと発表されるまでは、わたしたち家族はほとんど外に出ることもできなかった。

それは司くんも同じはずだ。司くんがお兄ちゃんの一番の友達だったとどこからか知った記者たちは、司くん一家がアメリカへ引っ越すまでの二週間、毎日司くんと司くんの両親を追いかけ回していたらしい。

けれど、今回はこちらが取材する側になるのだ。あの時、多くの人の身の回りを荒らし仕入れたのだろう情報を、残らず返してもらわないといけない。

「ま、どこまで役に立つかはわからないけど、多少はいいこと喋ってもらわないとな」


夜、部屋でひとり、司くんの集めた誘拐事件に関する記事を見直していた。

見直すと言っても何か見落としていることを探ろうという気持ちがあるわけではなく、なんとなく流し読みしているだけだ。

週刊誌のコピーを手に取り、目を通す。

この町での誘拐事件の現場は、わたしが通っていたピアノ教室に程近い路上だった。

わたしは普段からピアノ教室への行き帰りにその道を通っていたけれど、被害者となった金子あずさちゃんは、いつもならその道を通ることはなかった。

その日、あずさちゃんはお母さんに、迎えに来るまで教室で待っていろと言われていたらしい。しかしお母さんの迎えが少し遅れることになったため、あずさちゃんは、ちょっとだけならいいだろうと思い、たまに行く近くの本屋さんへと向かったそうだ。

その道はあまり人通りが多くなく、当時は防犯カメラもほぼ設置されていないような場所で、あずさちゃんが連れ去られた現場を目撃した人はいなかった。

あずさちゃんが解放され保護されたあと、あずさちゃんの証言や、解放された場所近くの防犯カメラの解析結果などから、犯人を絞り込み、逮捕へと至ったらしい。

もし、あずさちゃんが解放されていなければ。足取りを辿《たど》るのは難しく、犯人を特定するには時間がかかっただろう。もしかしたら見つけることもできなかった可能性もある。

なぜあずさちゃんは解放されたのか、その理由について明確に語られている記事がないわけは、そもそも犯人が語っていないかららしい。おかげで様々な憶測がされ、何が真実で何が嘘なのかすらわからない状態になってしまっていた。

「明日会う人は、何か知ってるのかな」

とりあえず訊くだけ訊いてみようか。答えが返って来たところで、お兄ちゃんに関連しているとも思っていないけれど。

「……」

時間は午後十一時を過ぎていた。そろそろ寝ようかと、プリントをまとめて机の引き出しに突っ込んでから、トイレに行くために部屋を出る。すると、ちょうど一階から上がって来たお父さんとお母さんに出くわした。

「あら志、まだ起きてたの？」

「もう寝るとこだよ」

「若いうちから夜更かししちゃ駄目だぞ」

「だからもう寝るとこだって」

そもそも高校生にとっては夜更かしと言うほどの時間でもない。お父さんとお母さんの中では、わたしはいつまででも子どもであるらしい。

「志、明日はバイト休みなんだっけ？」

寝室のドアを開けながら、お母さんが思い出したように訊いてきた。

「うん。でもちょっと出掛けるから」

「美寄ちゃんんたちと？」

「いや……司くんと」

ぼそりと答えると、お父さんもお母さんも揃って「へえ」と零《こぼ》し、明るく笑う。

「司くんてば、あんたとも仲良くしてくれて本当にありがたいよねえ。今度司くんのおうちにお菓子でも持っていかなきゃね。あ、でも戻って来て独り暮らしはじめたんだっけ。ご実家じゃなくてそっちのがいいかな」

「いいよ、そんなの。てか、別に仲良くはしてないし」

「志、司くんにご迷惑お掛けしないようにするんだぞ」

「司くんに対してはそんなもん一度だって掛けたことないわ」

おやすみ、と言い合って、お父さんとお母さんはふたりの寝室へと入って行った。ため息をつきながら、ひたひたと足音を立て階段へ向かう。その途中で、なんとはなしに、ある部屋の前で足を止めた。

二階にはそれぞれの部屋がある。わたしの部屋。両親の寝室とお母さんの書斎。そして、お兄ちゃんの部屋。

「……」

ドアが開けっ放しになっているお兄ちゃんの部屋を廊下から眺めた。この部屋は、一度警察が調べに来たものの、失踪理由がわかりそうなものは残されていなかったとして何も持ち出されることはなく、ほとんどがお兄ちゃんがいなくなった時のままで残っている。

綺麗に整頓された本棚、ブルーのシーツが敷かれたベッド、クッションソファと、木製の勉強机。

あの勉強机は確か、お兄ちゃんの本当の父親が作ってくれたものだ。これを作ってくれた直後に家を出ていったそうだから、息子への最後のプレゼントのつもりだったのかもしれない。家庭を持つには向いていなかったけれど、手先が器用で物作りが上手く、ユーモアのある人だったと、お母さんのいない場所でお兄ちゃんが言っていた。

「……ねむ」

大きなあくびをし、お兄ちゃんの部屋の前を離れ、一階のトイレへ向かった。

階段の途中で足を踏み外しかけて、少しだけ眠気が飛んだ。

◇

小学校三年生の夏休み、初めて浴衣を買ってもらった。朝顔柄の可愛らしい浴衣だった。

浴衣を買ったあとに何度か近場の祭りに出かけることがあったけれど、最初は青見祭りに着ていきたかったから、他の祭りに浴衣姿で行くことはなかった。

わたしが浴衣を着るんだからお兄ちゃんも着て、と駄々を捏ねたのは青見祭りの直前だったと思う。どうしてもお兄ちゃんと一緒に特別な服を着たくて、お兄ちゃんが着ないならわたしも着ないと、せっかく買った浴衣をごみに捨てようとまでしたのだ。

中学一年の男子で浴衣を着ている人なんて今でもほとんど見かけない。その年代だと、祭りには甚平を着て来る子が多く、お兄ちゃんも前年まではTシャツでなければ甚平を着て出かけていたはずだ。

わたしの身勝手な癇癪《かんしゃく》に、お父さんもお母さんもすっかり困ってしまっていた。お兄ちゃんには浴衣は必要ないから、とわたしを説得しようと頑張っていたけれど、わたしは聞く耳を持たず暴れて叫んでいじけるばかり。お父さんたちは疲れ果て、そのうち諦めるだろうからもう放っておこうかと言いはじめていた。

そのとき。

『いいよ志。一緒に浴衣を着ていこうか』

と声がして、わたしは涙と鼻水でぐちゃぐちゃの顔を上げた。

『買いに行かなくちゃいけないから、志が選んでくれる?』

お兄ちゃんが笑って頭を撫でるから、わたしは今の今まで泣き喚《わめ》いていたことも忘れ、満面の笑みで頷いた。

そしてすぐに両親を引き連れ龍樹の家に行き、お兄ちゃんによく似合うかっこいい紺色の浴衣を選んで買った。自分の浴衣を買ってもらった時と同じくらい嬉しくて、堪らなくて、早く青見祭りの日になればいいと、毎日毎日残りの日にちを数えていた。

当日は確か、昼過ぎになって甚平姿の司くんがうちに訪ねて来たはずだ。お兄ちゃんとふたりで青見祭りに行きたかったらしい司くんは、にこにこ付いていくわたしを見て何やら文句を言っていたけれど、お兄ちゃんとお揃いでご機嫌のわたしはそのすべてを華麗に無視した。

浮足立つ町を三人で歩いた。町中が、いつもと違う景色を見せていた。たくさんの人が浴衣姿で歩いているのを見るだけで楽しくて、鮮やかに色付く歩き慣れた通りを、踊るように足を弾ませながら進んだ。

そして、祭りの一大イベントである山車の引き回しが終盤になると、本通りに一斉に人がやって来る。

わたしたちも、山車が来る時間を見計らい、早めに本通りへと入った。人波に押しつぶされることのないよう、お兄ちゃんと司くんがわたしの両脇に立ち、三人並んで山車がやって来るのを待った。

やがて、一台ずつ山車が引かれて本通りへと入って来る。目の前を通る山車に、周囲の人々は盛大な歓声を送り続ける。

わたしはじっと黙って、絢爛豪華な山車を眺めていた。大勢の男の人たちによって引かれている山車は、大きくて威圧感があって、ほんのちょっとだけ怖かった。

そしてすべての山車が本通りを通り、青見神社の境内へと辿り着いたあと。夜空がすっかり暗くなるのを待ち、祭りはフィナーレを迎える。夜空に盛大に花火が打ち上がるのだ。

その花火の時間までは、両脇に屋台の並ぶ本通りを散策した。よく来る場所だけれど、その日ばかりはまるで知らない場所のようで、見るものすべてが新鮮に見えた。

灯籠のあかり。わたあめの匂い。戦隊ヒーローのお面。りんご飴の赤。

お兄ちゃんに買ってもらった根付けの鈴が、チリンと可愛らしい音を立てる。

わたしはずっとお兄ちゃんと手を繋いでいた。お兄ちゃんを挟んだ場所に、司くんもいた。

夜になって気温は下がってきたはずなのに、人混みの中にいるせいか蒸し暑く、背中には汗を掻いていた。

お兄ちゃんと別れたのは、花火が上がりはじめる直前だった。お兄ちゃんが急に、用があると言い出したのだ。だからふたりはここで花火を見ていてくれ、と。

『どこに行くの？　志も一緒に行く』

『駄目だ。志は来ちゃ駄目』

普段、決してわたしに駄目だなんて言わない人だった。だから、間髪入れずに断られたことに、わたしは大きなショックを受けた。

『志は司と一緒にいるんだ。いいね。はぐれないようにね』

頷きはしなかったと思う。けれどどうしてか、嫌だとわがままを言うことはできなかった。

待ちわびた花火が上がり、周囲が夜空を見上げる中、わたしはいつまでも、人混みの中に消えていくお兄ちゃんの背中を見ていた。

隣に立つ司くんと強く手を繋ぎながら、祭りが終わり人々が帰宅をはじめ、片付けをしていたおじさんに声を掛けられるまで、わたしたちはお兄ちゃんが戻って来るのを待っていた。

待っていてなんて言われなかったのに、それでもずっと待っていた。

そして今も。

わたしたちは、大好きな人が帰って来るのを、あの日と同じに待ち続けている。

◇

日曜の午後一時半。

わたしは司くんとふたり、賑わうファミレスで記者が来るのを待っていた。

「本当に来るかな」

「さあな。待ち合わせは二時だから、三時を過ぎても来なかったら諦めよう」

と言っていたのだけれど、わたしたちが席についてから五分ちょっと、待ち合わせ時間より二十分も前に、その人はやって来た。

「やあ、葉山くんだよね。前からかっこよかったけど、大人っぽくなったねえ」

いかにもな胡散臭い姿を想像していたのに、そう言って同じテーブルに座ったその人は、ぽっちゃりした体形の、人の良さそうな、ごくごく普通のおじさんだった。事件を追う記者よりも、喫茶店のマスターでもやっているほうが似合いそうだ。

記者はわたしたちの向かいに座ると、まずわたしと司くんに名刺を渡した。小出《こいで》さんというらしいその記者は、メニュー表を広げながら、わたしたちに軽く自己紹介をした。

「例の事件の時は、某出版社で雑誌記者をしていてね。五年前に退職して、今はフリーでライターをやってる。事件なんかからは完全に離れて、主に旅行雑誌でのんびりした文章を書いてるよ」

確かに、貰った名刺の肩書には『フリーライター』とあり、司くんから聞いていた出版社名も雑誌名もどこにも書かれていなかった。

「葉山くんに名刺を渡したのも覚えていたけど、今になって連絡が来たのは驚いたよ」

「すみません。でも、本当に来てくださってありがとうございます」

「いやいや、あの事件のことは妙に記憶に残っていてね。きみが話を聞きたいって言ってくれて、ぼくも興味が湧いてきちゃって。忘れていた記者魂が疼《うず》いてねえ」

と、そこまで言ったところで、小出さんの目が改めてわたしに向く。

「ところで、こちらのお嬢さんは?」

まだ挨拶をしていなかったことにようやく気づき、わたしは慌てて頭を下げた。

「深川志と言います。深川瑛の妹です」

「深川……瑛って、行方不明の中学生か」

「はい」

「妹さんとはね……。確かあの時はまだ小学生だったよね。今は、高校生?」

「ええ、一年です」

「お兄さんは、まだ見つかってないんだっけ」

「……はい」

答えると、小出さんはひどく悲しそうな顔をした。心底から浮かべているように見えたので、どうやら悪い人ではなさそうだ、と今は判断しておこう。

「あ、先に何か頼もうか。好きなもの食べていいよ。ぼくがおごるから」

「いえ、来ていただいたのに申し訳ないです。支払いはすべてこちらで持ちますので」

「何言ってんの、きみらまだ学生でしょ。ぼく稼ぎは良くないけど、ファミレスでおごるくらいのお金は稼いでるから心配しないで」

小出さんはそして、とっとと自分の分のメニューを決めてしまう。ちらりと司くんを見ると、司くんは苦笑いしながら頷いた。とりあえずここはお言葉に甘えておこうということらしい。

　小出さんはアイスコーヒーとオムライス、司くんはホットコーヒー、わたしはアイスミルクティーとフレンチトーストを注文し、品が届くまで適当な雑談を続けた。頼んだものは数分とせず届き、わたしがフレンチトーストの半分を食べる前に、小出さんはオムライスをぺろりと平らげてしまった。

「さて、じゃ、本題を話そうか」

　空のお皿を脇に避《よ》け、小出さんは鞄の中から分厚い手帳を取り出す。手帳はぼろぼろで、付箋らしきものが至るところから飛び出していた。

「葉山くんは誘拐事件について聞きたいってことだったけど、深川瑛くんの妹さんもいるってことは、つまり瑛くんの件に関わりそうな情報を知りたいんだろ？」

　小出さんが手帳を開く。

「そうです。瑛の失踪理由について、少しでも何かわかればと思って」

「ぼくらも誘拐事件の犯人が瑛くんの失踪にも関わってると思っていたから徹底的に調べたけど、正直、まず無関係だよ。だからきみらの欲しい情報は渡せないと思うけど……」

「構いません。必要か不必要かはこちらで判断します。今日はただ、小出さんの知っていることを聞かせていただきたいんです」

じっと目を見つめる司くんを、小出さんも逸らさずに見ていた。そして、やがて目を伏せると、小出さんは小さく息を吐き出した。

「わかったよ。あの事件についての詳細を話そう。と言っても、ほとんど記事になっているから大体はきみたちもすでに知っていると思う」

手帳をぱらぱらとめくり、小出さんは語り出す。

「事件が起きたのは二〇〇九年九月二十八日の月曜日、午後六時十五分頃。被害者の金子あずさは、通っていたピアノ教室から徒歩五分ほどの書店へ向かう途中、何者かに拉致された」

メモの内容を読んでいるのだろう、小出さんはすらすらと事件の概要を話す。この辺りはすでにわたしたちも知っていることだけれど、口を挟まず小出さんの話を聞いた。

「午後六時半、母親がピアノ教室へ迎えに来た際、金子あずさがいなくなっていることに気づき、金子あずさの母親はじめ他の生徒の親や教室の講師たちが近くを探し回るも見つからず。書店までの道の途中で、金子あずさらしい少女がひとり歩いているのを見かけたという近所の住人がいたため、書店へ向かったのだろうとは判明したが、書店には姿を見せておらず、その後の足取りは不明。午後七時半、警察署へ届け出る」

あずさちゃんがピアノ教室へ通っていたのと同じ曜日に、わたしもレッスンを受けていた。レッスン自体は個別だったけれど、あずさちゃんとは隣合わせた教室で授業を受けることも多く、レッスン前や帰り際によく顔を合わせていた。

ただ、事件当日はわたしがピアノ教室を休んだため、あずさちゃんには会っていない。行方不明になったことも、もちろんその時には知らなかった。

「進展があったのは、同日の午後十時四十分。金子あずさがいなくなった現場から約百キロ離れたT市の県境付近の国道沿いで、ひとりの小学生と見られる女児がガソリンスタンドへと駆け込んできた。店員は女児のただならぬ様子にすぐに警察へ通報。話を聞く中で、彼女が現在捜索中の金子あずさだと判明した」

あずさちゃんは拘束されていた手足に擦り傷を負っていた他は特に外傷はなく、犯人に悪戯《いたずら》された様子もなかった。つまり、ただただ連れ去られ、のちに解放されたのだ。

「金子あずさは、ガソリンスタンドからほど近い空き地にて車から降ろされたらしい。警察は、金子あずさからどうにか聞き出した犯人に関する情報と、ガソリンスタンド付近の防犯カメラの映像などから犯人を特定、県内に住む松田という男を逮捕するに至った。その後、二〇〇六年五月に兵庫《ひょうご》で、二〇〇四年十一月に長崎《ながさき》で起きた女児誘拐殺人死体遺棄事件に関与していたことを自供し、そちらの件でも逮捕。しかし、金子あずさ誘拐事件の前日に同町で起きていた深川瑛の失踪については、一貫して関与を否定した。

警察は、松田が失踪に絡んでいると踏んでいたけれど、自供は一切得られず。そのうえ、深川瑛が失踪したとされる九月二十七日の午後七時半には、現場から二十キロ以上離れた自身の職場で複数の人物に目撃されており、松田による連れ去りは不可能と断定された。また、誰かと協力した形跡がなく単独犯であること、深川瑛がこれまで松田の狙ってきた層からは外れていることから、最終的に、松田は深川瑛の失踪とは無関係であると結論付けられた」

小出さんはそこで、手帳から顔を上げた。すっかり氷の溶けた水を一気飲みし、半分ほど残っていたアイスコーヒーもすべて飲んでしまった。

「とまあ、簡単な事件の概要はこんな感じだよね。不謹慎だけど、殺人死体遺棄事件が関わっていたからここまで話題になったんだろうよ。数時間の誘拐事件と中学生の失踪じゃ、世間はそんなに興味を持たないから」

「小出さんは、なぜ金子あずさだけが無事に解放されたのか、理由を知っていますか？他の二件の被害者は、同じように拉致されたあと殺害されていますよね」

「そうなんだよね、過去の二件は、三件目と同じように被害者を連れ去り、車で人目に付かない場所へ運んだあと首を絞めて殺害し、翌日には遺体を遺棄している。でも、金子あずさを解放した理由ってのは正直言って、ぼくらもわからないんだ。松田はなぜかそこに関しては、なんとなく、としか言わなかったらしくて。被害者本人に聞こうにも、金子あずさは事件のショックで人を怖がるようになっちゃったらしくてね、なかなか話を聞けなかったみたいだよ。とはいえもう犯人は捕まってるし、金子あずさは無事だったわけだし、この解放理由はそこまで重要視されてなくて、あまり深く追求されなかったみたい。ていうか、本当になんとなくって感じで、理由なんてないのかもしれないね」

小出さんが、アイスコーヒーを追加で注文する。

「ただ、どの事件にも共通しているのが、松田が犯行前にターゲットの女の子をつぶさに観察していたことかな。衝動的じゃなく、すべて計画的な犯行だったんだ」

「計画的？」

「うん。松田は小学校低学年くらいの女の子の中から気に入った子にターゲットを絞ってね。その子がいつ、どこにいるか、生活パターンを詳しく把握して、ひとりになるタイミングを見計らっていたみたいだよ。金子あずさも、その日はお母さんが迎えに来る予定だったけど、通常は教室への行き帰りはひとりだったそうだし」

「ずっと狙われていたってことですか」

「そうなるねえ。ま、近所でも評判の可愛い子だったみたいだし」

司くんの問い掛けに、小出さんはあっけらかんと答える。そこでちょうどアイスコーヒーが届き、小出さんはコップの半分ほどを一気に飲んだ。わたしも、まだたっぷり残っているミルクティーをすする。

「金子あずさが、今どこで何をしているかはご存じで？」

司くんが、以前にオーナーにもした質問を投げ掛けた。

「それ、訊ねられると思って、まだ現役でやってる元同僚に聞いてきたんだよ」

小出さんは手帳のページをまたいくつもめくる。

「事件の三ヶ月後に、母方の祖母の家に引っ越してるんだよね。で、今もそこに住んでいるみたい。小学校は事件以降通えなかったけど、中学からは学校にも行くようになってる。中高一貫の女子校に今も通ってるよ」

小出さんはそして、手帳のページを一枚破り、司くんに手渡した。そこには、他県にある、有名な私立学校の名前が記されていた。

「さすがに自宅の住所までは教えられないけど」

「ありがとうございます。十分です」

「わかっていると思うけど、他の人には漏らさないようにね」

「ええ。もちろんです」

七年前の事件の被害者の現在を把握しているなんて少し空恐ろしく感じる。それが彼らの仕事であるのだろうけれど、やっぱりわたしには理解しがたい。

「それにしてもあの事件の時、きみらの一家は大変だったよね」

ややや警戒したのに気づいたのか、単にたまたまか、小出さんはふとわたしへと視線を向けた。

「誘拐事件のことが公になって、金子あずさのところだけでなくきみの家にも報道陣が押し掛けてさ。まあぼくもその中のひとりだったわけだけど」

間違いない、と思いながら、しみじみと零す小出さんの話を聞く。

「松田が関与していないとわかり、瑛くんの件はイチから調べ直しになって。結局何もわからない状態に戻っちゃったんだもんね。それに、ネットなんかではご両親が疑われたりもしてさ」

「えっ？」

思わず声を上げた。そんな話は、聞いたことがなかった。

「あれ、知らなかった？　ああ……余計なこと言っちゃったね」

「いえ、構わないので、教えてください」

「教えるほどのことでもないけど。つまらないデマさ。あまりにも瑛くんの足取りが掴めないものだから、親がどこかに監禁してるとかなんとか、きみの家の事情をどこからか入手した人間が適当な噂をばら撒《ま》いてね」

「うちの事情って？」

「ほら、きみの家って子持ち同士の再婚だろ？　だから上の子が邪魔になったんだろうって話が出ていたよ」

目を見開いた。つい大声を出しそうになったのをどうにか抑え、返事をする。

「そんなこと、あるわけないです」

「だとしても世間はあることないこと好き勝手想像して、相手の気持ちも、自分の言葉の威力も何も考えずに平気でぶつけるものなのさ。ご両親の耳には入っていただろうから、かなり精神的にきつかっただろうね」

「……そんな」

あの時の我が家は、確かに暗く沈んでいた。けれど両親が世間から疑いの目を向けられていたことまでは、わたしはまったく知らなかった。

司くんは、きつくくちびるを結び眉を寄せている。その表情を見て、小出さんの言っていることが本当なのだと知った。そして司くんもその噂を知っていたのだ。

「疑われたのはきみのご両親だけじゃないよ。瑛くんの前のお父さんもさ。て言うか、どちらかと言えばこの人のほうが疑われてたね。母親に内緒で息子を連れ去ったんじゃないかって」

「……」

「まあ、彼はこの時海外にいて、連れ去りようもなかったんだけど。瑛くんとも一切連絡を取っていなかったようだしね。知らない間に息子が行方不明になってるし、自分に疑惑の目が向けられているしで、可哀そうだったよ」

小出さんが深いため息を吐いた。

多くの人が、わたしが思っていたよりずっと、理不尽に傷つけられていた。

小出さんは、監禁しているとだけしか言わなかったけれど、恐らく実際には『親が息子を殺した』などとも言われていたはずだろう。

わたしはそれを知らなかった。きっと、決して気づかないようにしてくれていたのだ。わたしまでもが傷つけられてしまうことのないように、お父さんとお母さんは、守ってくれていた。

「ぼくは、きみのご両親を近くで取材していたし、瑛くんの前のお父さんにも電話取材をしたことがあるけれど、みんな、瑛くんを心から愛しているように思えたよ」

くちびるを噛みしめる。そんなこと、言われなくたってわかっている。

お兄ちゃんがいなくなったことでみんなの日常ががらりと変わった。楽しかった日々が、どん底まで突き落とされた。今でこそはた目には他の家庭と同じように過ごせているけれど、この状態になるまでにはとても長い時間がかかっている。そしてこれから先、どれだけの時間をかけようと、昔と同じ日々には、二度と戻れない。

お母さんとお父さんは何を思って毎日を生きていたのだろう。まだ小さかったわたしはふたりを思いやることなんてできなかったけれど。きっと想像する以上の苦悩があったはずだ。

こんなにもたくさんの人を悲しませて、苦しませて。こうなることがわからないはずがないのに。

お兄ちゃんは一体、どこに行ってしまったんだ。

「ま、瑛くんの件に関しては、警察は早々に事件性はなく自ら失踪したのだと結論付けたけどね。家庭にも学校生活にも恵まれていたようだったけど、わからないところで悩みがあったのかねえ」

小出さんがため息まじりに漏らす。

すると。

「そんなわけないだろ」

どきりとした。あまりにも低く唸る声に、わたしも小出さんもぎょっとした顔で司くんを見た。

「瑛が、自分からいなくなるわけない」

表情はそのままに、けれど押し殺せない感情を声に滲《にじ》ませ司くんは言う。

小出さんは、猫被りの解けた司くんにはじめこそ驚いたふうだったけれど、さすがに多少の圧は物ともしないのだろう。ソファの背もたれに体を預けると、おどけるように肩をすくめた。

「そうかな？　ぼくは瑛くんの意思でいなくなったと思ってるよ。第一、瑛くんが自分から行き先を告げずにどこかへ行ってしまったのだと、そう警察に証言したのは、葉山くん、きみじゃないか」

確かにそうだ。お兄ちゃんを最後に見たのは、わたしと、そして司くんだった。

お兄ちゃんはわたしと司くんに『ぼくはこれからちょっと用があるんだ。ふたりはここで花火を見ていて』と、青見祭りの最中に突然告げた。一緒に行く、と駄々を捏ねたわたしに、困ったように笑って、

『志は司と一緒にいるんだ。いいね。はぐれないようにね』

と言って頭を撫で、そして。

『司。志を頼んだよ』

お兄ちゃんは微笑《ほほえ》みながらも、妙に強く、そう言った。

きっと司くんも一緒に行きたかったはずだ。理由もわからず置いていかれることにも、わたしを預けられたことにも納得していなかっただろう。けれど、お兄ちゃんのその言葉を前に、何も言えなくなってしまった。

わたしたちは、人混みへ消えていくお兄ちゃんの後ろ姿をただ見ていた。ふたりでぎゅっと、手を繋ぎながら。

「……あの時、瑛が、自分の意思でどこかへ向かったのは確かだ」

司くんは目を伏せ、すっかり冷たくなっているだろうホットコーヒーの液面を眺めている。

「それでも、いなくなるわけないんだ。あいつが……瑛が志を置いて、いなくなるわけがない」

独り言《ご》ちるように吐き出す横顔をわたしは見ていた。

司くんが何を思い、ここでわたしの名前を出したのか理解できなかった。わたしとお兄ちゃんは仲が良かったとは思うけれど、はたしてそれがお兄ちゃんの意思を左右するほどのものなのだろうか。兄妹と言っても四年半しか一緒にいなかった。わたしたちは、血も繋がっていないのだ。

「仮に日常生活で嫌なことがあって逃げ出そうとするなら、瑛は必ず志も連れていったはずだ」

「小学生の妹を連れてどこかへ逃げようだなんて、現実的じゃないってぼくなら考えるけど」

「あんたならそうかもしれない。だがあんたは瑛じゃない」

「……まあ、こんな言い争いしても不毛だよね。ぼくだって真実を知りたいんだ。曲がりなりにもあの事件に触れたひとりの人間としても、元記者としてもね」

小出さんがひらひらと手を振る。司くんも、ややばつが悪そうに姿勢を正し、すみません、と小声で謝った。

「構わないよ。きみがそれだけ瑛くんを知っていて、心配しているってことだろう。でも本当に不思議だよね。きみみたいな親友がいて、愛情をくれる家族もいてさ。あれだけ言っといてなんだけど、瑛くんが失踪なんてする理由がさっぱり見当たらないよ」

残りのアイスコーヒーを飲み干し、さらに氷もひとつ口に含んでがりがりと嚙み砕きながら、小出さんは「それとも」と続ける。

「それらを捨てる覚悟ができるほどの、理由があったのかねえ」

わたしたちも、それを探しているのだ。


そのあとも、いくらか小出さんの話を聞き、入店してから二時間ほど経って、わたしたちはファミレスを出た。

結局支払いは司くんがトイレに行く振りをして済ませていたらしい。いつの間にかなくなっていた伝票に、小出さんは「これだからイケメンは！」と悔しそうな顔で叫んでいた。

「あんまり力になれなくてごめんね」

「いえ、とんでもないです。今日は貴重なお時間をありがとうございました」

「ふたりとも頑張ってね。応援してるよ」

良い人かどうかはともかく、やはり悪い人ではないのだろう。小出さんは最後にわたしと司くんの肩をそれぞれ叩き、大きく手を振って帰っていった。

小出さんの姿が見えなくなったところで、肩を落とし息を吐き出す。

「……結局ほとんどがもうわかってることだったね」

ネットや雑誌の記事よりも多少は細かく知っていたけれど、それだけのことであって、隠されている事実などを掘り起こせたわけではなかった。

「そうだな。だが収穫がなかったわけじゃない。十分だ」

司くんはそう言って、スマートフォンを取り出し時間を確認した。まだ午後の四時前だ。

「少し寄り道をしていかないか?」

「いいけど、どこ行くの?」

「本通りに。ここから近いし、ついでだから瑛がいなくなった場所を見に行こうと思ってな」

「本通りなら、わたしバイトでしょっちゅう行ってるんだけど」

「あそこは通りの入口付近だろ。付き合えよ、どうせ暇なんだろうが」

図星《ずぼし》をつかれ、言い返せない素直な自分を呪った。

そしてわたしたちは連れ立って、日曜で観光客の多い本通りへとやって来た。

カフェや和菓子屋、かんざしの専門店に和雑貨の店など、老舗から最近オープンした店舗まで、様々な商店が石畳の道の両脇にずらりと並んでいる。古き良き街並みの中を、浴衣姿で散策する人も多く見られた。

「日本に戻って来てから町の中をぶらぶらしたけど、やっぱりここの通りだけは変わんねえな」

道行く人にぶつからないように注意しながらも、ふらふらと辺りを見回し歩いていく。

「新しいお店はできてるんだけどね。建物はほとんどそのままだから」

「おれたちが瑛と別れたのは、この辺りだったよな」

司くんが立ち止まったのは、ちょうど、本通りの入口とされる場所から青見城跡までの真っ直ぐな道の中間あたり。

あの時は祭りの最中だったから、左右にずらりと露店が並んでいた。途中の露店で、干支の根付けをお兄ちゃんが買ってくれたのを覚えている。

『志、これ欲しいだろ』

欲しいとは一言も言っていなかったのに、なぜかお兄ちゃんはわたしが言うよりも先に、わたしの干支とは違ううさぎの根付けを手に取った。ちりめん細工のうさぎと鈴の付いた根付けを、お兄ちゃんの言うとおり、わたしは一目見て欲しがった。

『お兄ちゃんが買ってあげる。だから、大事にするんだよ』

わたしは大喜びで頷いた。白いうさぎも、チリンと涼しげに鳴る鈴の音もとても可愛くて、絶対に一生大事にすると心に決めた。

「瑛は確か、このまま向こうにいったんだったな」

司くんが真っ直ぐ正面を見据える。この先は城跡と神社への道が続いていて、お兄ちゃんはその方向へと歩いていった。けれど、城跡や神社にいた同級生たちの誰ひとり、お兄ちゃんの姿を見ていなかった。

この場所から城跡までの間——五百メートルもない間でお兄ちゃんは姿を消したのだ。

ちらりと司くんを見上げる。感情を抑え、ただじっと道の先を見つめる横顔が、あの日とまるで同じに見えて、少しだけ胸の奥がざわついた。

七年前にはわたしと司くんとの身長差は今よりもっとあったと思う。わたしも司くんもお互いに背が伸びた。今のわたしは、たぶんあの時のお兄ちゃんよりも背が高いだろう。

確かに時間が経ち、成長している。それでもわたしも司くんも、あの日から少しも前に進めていない。わたしたちは、お兄ちゃんがいなくなった場所に立ち止まり続けている。だから。

ふたたび歩き出すために、真実を知らないといけない。

「まあ、店舗や脇道はいくらでもあるから。本通りを抜けることは簡単だろうな」

司くんが歩き出す。それを追いかけようと足を踏み出したちょうどその時、近くで聞き慣れた声がした。

「ありがとうございます」

小さな風呂敷包みを抱えた龍樹が少し先の店にいた。あの店は、龍樹の家と同じくらい古い老舗の和菓子屋だ。

家の手伝いでもしていたのだろうか和服姿の龍樹は、店先から店内へ挨拶をすると、そのままこちらに向かい歩いて来た。

そして。

「お、志」

わたしに気づいたようで右手を上げる。けれど、振ろうとしたらしいその手は、わたしの隣に立つ人に気づいたところでぴたりと止まった。

「なっ……志がイケメンと一緒にいる！」

「ちょっと、騒がないで」

「なんてことだ、大変だ。早く美寄に通報しないと」

「せめて報告って言ってよ」

しかし本当に美寄に報告されては色々と問題があるので、まずスマートフォンを取り出そうとするのを阻止してから、邪魔にならない道の端へ龍樹を引っ張っていき、司くんを紹介した。

「なんだ、噂のツカサクンか」

わたしと一緒にいたのが以前話したお兄ちゃんの友達だと知り、龍樹は品定めでもするかのように、司くんの足下から頭まで目を滑らせる。

「噂？」

そして龍樹の発言に反応した司くんが眉をひそめた。その目は龍樹ではなくわたしに向けられていたけれど、じとりとした視線を無視し、今度は龍樹を手のひらで指した。

「で、こっちは友達の龍樹ね」

「どうも。美濃龍樹です」

龍樹が恭しく頭を下げる。

「はじめまして。美濃くん、ってことは、そこの美濃屋さんの？」

「ええ。うちをご存じなんですか？」

「アメリカに行く前、母親が時々買い物をさせてもらってたよ。そろそろこっちでの生活も落ち着いてきたから、また近々お世話になるんじゃないかな。その時はよろしくね」

「こちらこそ、お待ちしています」

しっかりと営業スマイルを浮かべるあたり、やはりこれでも老舗呉服屋の若旦那なのだなと思う。商売に関わるところでは自然と客用の対応になるのだろう。司くんも龍樹も猫を被っているから、見ていて非常に気持ち悪い。

「龍樹、これからどっか行くところだったの？」

早めに正気に戻ってもらおうと声を掛けると、龍樹は抱えていた風呂敷包みをひょいと上に持ち上げた。

「ヨゴト様へお供え物しに行くんだよ」

「ヨゴト様？」

「いつもはばあちゃんがやってるんだけどさ、今腰痛めてて動けなくって」

龍樹が目をやった場所には、ヨゴト様のある裏通りへ続く脇道がある。わたしたちがお兄ちゃんと別れたポイントから、ほんの少し先に行った場所だ。

「良かったら一緒に行くか？」

訊ねられ、司くんを振り返った。司くんはしばらく脇道のほうを見ていたけれど、やがてこちらに視線を戻すと「せっかくだから行ってみようか」と、まだ猫被りしたままの口調で言った。


「懐かしいな。さすがにここには日本に戻って来てから初めて来たよ」

休日でも、やはり裏通りには人影はなく、本通りの喧騒がわずかに届く場所で、古い祠は今日もひっそりと佇んでいた。

「ヨゴト様って確か、妙な噂があったよな。願いが叶う、とかいう」

「司くんも知ってるんだ？」

「昔、女子たちがよく噂してたよ。まあ、こっくりさんみたいなもんだろ」

龍樹が、ヨゴト様へ頭を下げてから格子の扉に付いた南京錠を外す。

「みんな好き勝手言うんですよね。ちょうどおれらが小学生の時が一番その噂が流行ってて、祠に悪戯する奴もいたから扉に錠を掛けたらしいですよ。五年前くらいかな」

「へえ。確かに、おれの記憶では錠前なんて付いてなかった気がするよ。この鍵の管理は、きみの家が？」

「ええ。一応うちはこの辺りの商店会長をやっているので、うちの祖母が鍵を預かって、定期的にお供え物をしたり、掃除したりしているんです。まあ、鍵の管理はそんなに厳重じゃないんで、ひとこと言えばこうして持ち出せるんですけど」

「ねえ、そういえばさ。バイト先のオーナーが教えてくれたんだけど、昔はヨゴト様って、願いが叶うんじゃなくて、嫌いな相手を呪ってくれるって言われてたんだって」

ふいに思い出して、なんとはなしに口にすると、龍樹は複雑そうな顔で笑った。

「どっちもあほらしいよなあ。ま、怖い噂が立つほうが悪戯されなくなるかもしれないから、ましかもな」

龍樹がゆっくりと扉を開ける。

その中には、お地蔵さんのように赤い前掛けを着せられた大きな石と、その手前に空のさかずきと折り鶴、そして紙に包まれたままのお饅頭《まんじゅう》がいくつかお皿に盛られ置かれていた。

扉を閉めたままでも中は覗けていたから、祠の中身がどうなっているかは知っていたけれど、こうして改めて見てみると、ただの石にしか見えないものが大事に祀られているというのは、不思議と言うか、少し滑稽にも思える。

「ぶっちゃけヨゴト様って、一体何を祀っているのか、ばあちゃんたちもよく知らないんだってさ。そういう祠って良くないものが住み着いてたりしてる場合もあって、危ないって言うんだけど」

龍樹は祠の前にしゃがんで、持っていた風呂敷包みから買ったばかりのお饅頭の箱を取り出した。十二個入った中からふたつを手に取り、古いお饅頭を退《ど》けた祠のお皿に並べて置く。

「でもおれ、ヨゴト様は絶対に悪いものじゃないと思うんだよ。小さい頃からよくばあちゃんとお参りしてるけど、なんか温かいものを感じるんだ。おれたちを見守ってくれてるんだなって気がしてさ」

手を合わせる龍樹から、もう一度祠の中へ視線を戻した。

わたしはヨゴト様に対し、恐れを抱いたこともなければ温かみを感じたこともない。単に祠が建っているとしか認識していなくて、その中に祀られているもののことなんて考えたこともなかった。

けれど、今はほんの少し薄気味悪さを感じている。得体の知れない何かに対して、やけに胸がざわつくのだ。きっと、美寄や龍樹と一緒にここへ来た時に、奇妙な体験をしてしまったせいだと思う。

この場所で、知らない子どもの声がわたしの名前を呼んだ。

気のせいかもしれない。でも、今でもあの時の声が耳に残っている。

『ユキ』

とまるで親しい友達のように、わたしを呼ぶ声が。

「志は、司さんと一緒にいるってことは……」

顔を上げ、龍樹が立ち上がる。

「例の、お兄さんのこと調べてる最中？」

「うん。でも、まだほとんど何もわかってないんだけどね」

「そっか……。そう簡単には新しい情報なんて手に入らないよなあ。どこ行ったかとんとわからないってのは、本当、不思議だよ」

ふたたび祠の扉が閉められ錠がおりたことで、少しだけ胸騒ぎが治まった。気づかれないようそっと息を吐き出す。

「まあ、わたしたちがお兄ちゃんと別れた位置から考えて、お兄ちゃんがあのあとこの裏通りを通った可能性はあるよね」

もちろん警察もそれは視野に入れていた。そのうえで何もわからなかったのだ。本通りからは細い路地が他にもいくつも伸びているし、建物に入り裏口へ抜けることもできる。どこからどう抜けることもできるため、裏通りを通ったというのは、いくつもある可能性のひとつにすぎない。

「確かにな。この辺りって防犯カメラとかいまだにないから確かめようもないけどさ。でも、この辺の年寄り連中は、志のお兄さんがこの近くで、本当に消えたみたいにいなくなったから、ヨゴト様が連れ去ったんだって言う人もいるよ」

「連れ去った?」

龍樹の言葉に、わたしは思わず眉を寄せた。

「……ヨゴト様が、そんなことするって思われてるの?」

「なんでか知らないけど、年寄りはヨゴト様をやけに畏怖《いふ》してるんだよな。でもおれは年寄り連中が言うようなことはないと思ってる。オカルトじみてるからってだけじゃなくて、ヨゴト様ってのは、いたずらに子どもを連れ去ったりなんてしないんじゃないかって」

秋晴れの空に風が吹くと、ヨゴト様の裏に立つ家の庭から葉擦れの音が聞こえる。まるでヨゴト様が返事をしているように思えて、わたしは無意識に息を止めた。

「なんて、こんなおれの話だって、おまえは馬鹿らしいって言うんだろうけどな」

龍樹が苦い顔で笑う。

「志は昔からリアリストだからなあ。サンタさんなんていないんだっておまえに言われたこと、おれまだ根に持ってるんだからな」

「……その節は、申し訳ない」

「本当だよ。純朴な少年の夢を壊すなっての」

からからと明るい笑い声を上げる龍樹に合わせ、わたしもそれっぽく笑ってみた。

そうだ。わたしは小さい頃からオカルトの類は信じていなかったはずだ。幽霊だって妖怪だって、それ以外の何かだって、そんな非現実的なもの、存在するわけがない。

すべては、人が作り出したにすぎない。

あの声だって、きっと。

「じゃ、おれはもう行くよ」

風呂敷包みを抱え直し、龍樹が言う。

「店に戻らないといけないからな。手伝いの最中なんだ」

「うん、頑張ってね」

「おう。明日学校でな。司さんも、また」

「ああ、またね」

来た道を戻って行く龍樹を見送る。

なんとなく、三回深呼吸をした。そのあとで隣を振り向くと、司くんがじっとヨゴト様を見下ろしていた。

「司くん？」

「ん？　ああ、おれたちも帰るか」

「そうだね。結局ここに来ても、何も新しいことわかんなかったね」

「あの子も言ってたろ。そう簡単にわかりゃ苦労しねえよ」

司くんはぐっと伸びをして、ヨゴト様に背を向ける。

その仕草に、ふと、古い映像が頭をよぎった。

「ねえ、司くん」

司くんが振り返る。

「わたしとお兄ちゃんと司くんの三人で、ここに来たことってあった？」

訊ねると、司くんはやや眉をひそめ、それから少し間を置いて答えた。

「いや、ないと思うけど」

「……だよね」

「どうかしたのか？」

「ううん、なんでもない」

わたしにも、三人でヨゴト様を訪れた記憶はない。けれどなぜだか一瞬、昔の姿のままのお兄ちゃんと司くんがこの場所に並んでいる姿が、まるで思い出のように頭の中に流れたのだ。

「……」

七年も経つと、すべてをはっきりとは覚えていられなくなる。確かな記憶だと思っていても、知らない間に他の記憶と混ざり合って、本当の思い出ではなくなってしまっているのかもしれない。確かめるには誰かに訊くしかないけれど、同じ思い出を持っている人はとても少ないから、きっと、覚えていられるものよりも、失くしてしまう記憶のほうがずっと多いんだろう。
そのうち、写真の中でしかお兄ちゃんの顔を思い出せないようになるのだろうか。
大好きな声も、笑顔も手のひらも、忘れる日が来るのかもしれない。
「行こうか、志」
頷いて、ふたり揃って歩き出す。
司くんの思い出の中では、お兄ちゃんは今、どんな顔で笑っているのだろう。

瑛

青見祭りまであと四日に迫った水曜の夕方。学校から家に帰ると、玄関のドアを開けた途端、志の大きな泣き声が響いた。

一体どうしたんだと慌てて靴を脱いでいると、ぼくの帰宅に気づいたらしい父さんがリビングからひょこりと顔を出した。

「おかえり、瑛」

「ただいま。父さん、今日仕事終わるの早かったんだね」

「まあな。って、今それどころじゃなくて」

「そうみたいだね」

志は怪我をしたり辛いことがあったりしても滅多に泣くことのない子なのに、わがままを言う時には全力で泣き喚く。それは小学三年生になった今も変わらず、自分の意見を押し通すためには涙も労力も惜しまない。

「何があったの?」

「実はね……」

と父さんが言い掛けた時。

「お兄ちゃんも着るの！」

泣き声の合間にそう聞こえた。ぼくのことらしいけれど、なんのことだかさっぱりわからなかった。父さんを見ると、困った顔で頭を掻きながら教えてくれる。買ったばかりの浴衣を着て青見祭りに行くのを楽しみにしていた志が、自分が浴衣を着るのであればぼくにも着てほしいと言い出したこと。ぼくが浴衣を着ない限り、自分もせっかく買った浴衣を絶対に着ないと言っていることを。

「瑛は浴衣を持ってないからって言ってるんだけど、聞かなくて」

「なるほどね」

苦笑してしまう。大人から見れば、どうしてそんなことで泣き喚くんだ、と思うかもしれないけれど、子どもは思いもよらないものに重きを置くものなのだ。志にとっては青見祭りでぼくと揃いの格好をできるかどうかがとても重要なことなのだろう。そりゃもう、生きるか死ぬかの次くらいに。

「なかなか諦めそうになくてね。どうしたものか」

「諦めそうにないなら、聞いてあげるしかないんじゃない？」

「え？」

「ぼくも浴衣買ってもいい？」

「まあそりゃ、一枚くらいなら」

と父さんが言うのを聞いて、ぼくはわんわん泣く声の響くほうへと向かった。

リビングでは、志がソファのクッションに顔を埋《うず》めるように泣いていて、その横で母さんが疲れた顔をしていた。ぼくに気づくと、母さんは「もうお手上げ」とでも言いたげに首を横に振る。

「志」

ソファの前にしゃがみ、丸まった背中に声を掛けた。すると、志は泣き声を上げるのをやめ、涙でぐしゃぐしゃになった顔を上げた。

「うっ……お兄ちゃん……」

「志、青見祭りでぼくと一緒に浴衣を着たいんだって？」

「うん……でも、お父さんとお母さんは駄目って言う」

志がしゃくり上げる。同時に鼻水がびよんと垂れて、思わず笑ってしまった。またもそもそとクッションの下へ潜っていく、小さな背中に手を当てる。

「いいよ志。一緒に浴衣を着ていこうか」

ぼくの言葉に、志ははっと体を起こし、真っ赤な目を見開いた。

「……いいの？」

「うん。買いに行かなくちゃいけないから、志が選んでくれる？」

汗を掻いた頭を撫でてやると、涙に濡れている顔が少しずつ晴れてくる。

「ちょっと瑛」

「いいじゃない。父さんは買ってくれるって言ったよ」

「あんたはいいの？」

「うん。志が喜ぶなら、構わないよ」

母さんは呆れた顔をしていたけれど、すっかり機嫌の良くなった様子の志を見て、ため息を吐きつつ微笑んだ。

それからの行動は早い。青見祭りまで日がないということで、ぼくらはその日の内に浴衣を買いに家族で出かけた。

本通りにある美濃屋さんは、夏休み中に志の浴衣を買ったお店だ。昔ながらの店内には、気軽に手にできる商品もあれば、目を剥くような高級品もある。

「龍樹！」

店内に一番に飛び込んだ志がそう叫ぶと、お店の隅で折り紙を折っていた男の子が振り返った。

「志。どうしたの？」

「お兄ちゃんの浴衣を買いに来たんだよ」

龍樹くんの目がぼくに向く。にこりと笑うと、龍樹くんも笑顔で頭を下げてくれた。

志の同級生である龍樹くんは、志に比べ随分穏やかで落ち着いた性格だ。元々の性質なのか、それとも老舗呉服屋の子として育てられているからなのかはわからない。自分本位でわがままな志とは正反対の性格なのに、なぜだか馬が合うらしく、ふたりは一年生の時から仲が良かった。

「男の子用の浴衣はこっちだよ」

「お兄ちゃん、志が選ぶからね」

龍樹くんの案内で既製品のコーナーを見ていく。時期が時期なだけに品数は少ないだろうと思っていたら、案外そんなこともなく、選ぶのに悩む程度には豊富に揃えられていた。

両親は、龍樹くんのご両親と座敷でお喋りをはじめていた。大人のお喋りははじまると長い。しばらくはここでゆっくりすることになりそうだなと苦笑いしながら、志と龍樹くんと一緒に、自分のための浴衣を探した。

志は、いくつかの候補の中から悩みに悩んで、紺地に縞模様の入った浴衣を選んだ。最後まで残っていた生成り地のも悪くはなかったけれど、ぼくが「司に似合いそうだな」と言ったためにあっさり候補から外されてしまった。

帯は、浴衣よりも色の濃い無地を龍樹くんが選んでくれた。もちろん最終的な決定は志がしたけれど、龍樹くんの持ってきた帯を浴衣に合わせてみたら文句なしに気に入ったようで「これでいこう」とゴーサインが出された。

ぼくにとって人生初の浴衣だった。自分から望んだわけではなくても、こうして自分のものとして目の前に並ぶと胸が弾んだ。志が自分の浴衣を買った時、弾けるほど喜んでいた気持ちが今になってよくわかる。和服を着慣れないぼくらにとって、浴衣を着るというだけで、いつもと違う特別な日が訪れるのだという気になれる。

「お兄ちゃん、ふたりでお揃いでお祭り行けるね！」

にっこり笑う志の頭の中では、司の存在がすっぽり抜けてしまっているらしい。嬉しそうだから、今は余計な水を差さないでいてあげよう。

「青見祭り、もうすぐだね」

龍樹くんがおっとりとした口調で言う。

「龍樹くんの家は祭り会場の中心だからね、当日は大変でしょ」

「うん。ぼくもお手伝いするんだ。いつもは売らないジュースとかも売るんだよ」

「へえ、頑張ってね」

「ありがとう」

こんなことにもきちんとお礼を言えるあたり、老舗の御曹司はさすがだなと思った。いいこいいこと撫でてあげると、なぜか志もずいっと頭を差し出してきたので、同じくいいこいいことしたら満足そうな顔をしていた。

客と店員としてよりも、単に知り合いとしてのお喋りを親たちがしている間、ぼくら子どもたちは龍樹くんのおばあちゃんが淹れてくれたお茶を飲み、甘い和菓子を食べて時間を潰した。そうやってのんびりしていたらようやく大人たちのお喋りが終わったので、無事に浴衣を購入し、意気揚々と家に帰った。

夕飯を食べお風呂に入ったら、志は体力をすっかり使い果たしたのか、あっという間に寝てしまった。ぼくも今日は早めに寝ようと、リビングにいた両親に挨拶をしてから、九時過ぎには自分の部屋へと戻った。

勉強机の引き出しから日記帳を取り出す。今日の内容は浴衣を買ったことで決まりだ。

文章の量は毎回それほど多くない。二、三行で終わることも多く、何をどれだけ書くかは決めないようにしている。今日は、志が泣いてぐずったこと、龍樹くんの家に行ったこと、そしてぼくの浴衣を買ったことを七行ほどにまとめて書いた。

定位置の引き出しに日記帳を戻し、大きく伸びをしてから立ち上がる。電気を豆電球に変え、ベッドに仰向けに寝転べば、見慣れた天井が薄ぼんやりと目に映った。染みひとつない、新築の時のままの綺麗な天井だ。

この家を建てたのは、確かぼくが小学校に上がる少し前のことだ。大きな家に、しばらくの間はぼくと母さんのふたりだけで暮らしていた。あの頃はとても静かだった。家はとても広かった。父さんと志のふたりが増えただけで、家の広さを感じることはなくなった。

のそりと寝返りを打つ。それと同じタイミングで携帯電話が短く鳴った。司からのメールだ。この間の写真を印刷したから明日学校で渡すとのメッセージが届いていた。明日渡してくれるのならわざわざ連絡をくれなくてもいいのに、とちょっとおかしく思いながら、了解、と返事をしておいた。

浴衣のことは、司には内緒だ。言えば司も用意してくると思う。だからこそ、言わないでおくつもりだった。司と志と三人で浴衣を着て青見祭りへ行くのは、また次の機会にできるように。次がいつになるのかわからないけれど、必ず次が来るように、次の約束をしておこうと思う。

離れ離れになっても、ぼくらには未来がある。だから大丈夫。そんな気がしている。

◇

ぼくの本当の父親は、決して悪い人ではなかった。むしろ愉快で男気があって、人間的にはとても魅力に溢れた人だった。

ただ、ひとところに留《とど》まれるような性格ではなかったのだと思う。ぼくができたことで母さんと入籍した父は、子どもさえいなければ誰かと結婚などすることもなかっただろう。ふらりと自由気ままに生きるのが性に合っていたのだ。無責任、と言えばそれまでだけれど、何よりも自分の心に正直に、自分の望みを第一に思っていただけだった。やはり無責任、と言えばそれまでなのだけれど。

父が家を出て行く直前には、母さんはすでに父への情が薄れていた。だけど父のほうは、母さんにも、そしてぼくにも愛情を持ってくれていたように思う。

あまり家にいることのなかった父も、家族のためにお金はしっかり稼いでいた。趣味に使う決まった金額以外はすべて母さんに預けていたらしい。父と母さん、ふたりの稼ぎが十分にあったおかげで、我が家はお金にはそう困ることはなかった。

母さんは、結婚したばかりの頃から持ち家を手に入れるつもりだったらしい。良い土地を探し、やがて気に入った場所を見つけ、家を建てた。家族でずっと住めるよう、部屋数も多く居心地のいい、広い家だった。

ちょうどその頃、家にいることの少なかった父が、まったく帰らなくなった。離婚したのだとしばらくしてから母さんに聞かされた。

父は、離婚する直前、建てたばかりの家の庭で一生懸命何かを作っていた。それまでにも日曜大工をする姿を時折見かけていて、その時と比べると、今回は随分大掛かりな作業をしているように思えた。何を作っているのかと訊ねたら、もうすぐ小学校に入るぼくのための勉強机だと父は言った。

父はぼくのことを考え、ぼくに合った世界にたったひとつの机を作ってくれたのだ。置きたい場所に置きたい物が置ける。引き出しもたくさんある。文句なんてひとつもない、長く使うことのできる立派な机だった。

『いいか瑛、男にはな、いつか大事な隠し事をする時が来るんだよ。母さんは女だからな、きっとわかっちゃくれねえ。だからその時は、この机を頼れよ』

その「いつか」が来る時にはもう自分はそばにいないとわかっていたのだろう。ぼくはまだそのことも、そして父の言う「大事な隠し事をする時」のこともよくわかっていなかった。けれど、頷いた。笑って頭を撫でてくれた父は、数日して、母さんとぼくをこの家に残し出ていってしまった。

それからは、母さんとふたりきりの生活がはじまった。

父の収入を当てにできなくなった分、母さんはそれまでよりも一層仕事に打ち込むようになった。生活費のため。家のローンのため。そしてぼくの将来のため。母親しかいない家庭でも、決してぼくが苦労したり、何かを諦めたりすることのないように、母さんは朝早くから遅くまで毎日一生懸命に働いていた。

ぼくは、そんな母さんを尊敬していた。働きながら家事もして、ぼくのことを第一に考えてくれる優しくて強くてかっこいい母さん。大好きで、憧れて、常に感謝をしていた。

でも、どれだけの感謝があろうとも、どうにもできない思いもあった。

学校が終われば学童保育に通い、母さんの迎えでようやく家に帰ったあと、また仕事へ行く母さんを見送ることも少なくなかった。母さんは休日も働きに出ることが多く、いつもぼくに申し訳なさそうにしながらも朝早くから家を出ていた。

父がいた頃から共働きのうえ、父が家にいないことが多かったから、他所の家の子よりもひとりでいることには慣れていたと思う。それでも、まだ小学校の低学年だったぼくは、家族で暮らすための広い家にひとりぼっちでいることにひどい寂しさを感じていた。

いや、寂しさとは、少し違うかもしれない。ひとりが怖いとか、誰かにいてほしいとか、切実にそんなことを思っていたわけじゃない。ただただ、ひとりだな、と思っていたのだ。たとえばこの時に自分の家に何十人の友達がやって来たとしてもその思いは変わらなかっただろう。みんなには帰る家があって待ってくれている人がいる。でもぼくは、この広い広い家で、ひとりだ。ずっとひとりなんだ。

体に冷たい穴が開いて、どんな温度も愛情も声も、そこからすり抜けていくみたいだった。

この思いを母さんに伝えたことはない。母さんはぼくのために頑張っている。ぼくを可哀そうだと思っていることもわかっている。だから何も言えなかった。自分で言うのもなんだけど、ぼくは聞き分けの良すぎる、どこか子どもらしくない子どもだったのだ。

それでも、たったひとり、司にだけは時折本音を話していた。誰より特別な友達である司の存在には随分助けられたと思う。ただ、優しい司がぼくのことで傷ついてしまうのは嫌だった。だから、できる限りは笑って、どうしても笑顔が出せなくなった時にだけ司に頼るようにしていた。

そんな日々が終わったのは、小学三年生に上がる時のこと。

暖かい春の陽気の日、我が家に新しい家族がやって来た。

再婚すると母さんから聞いてすぐ、父さんとだけは外で一度顔を合わせていた。本当の父親とは随分印象の違う、穏やかな雰囲気の人で、この人と家族になるのだと言われた時、ちっとも嫌な気持ちにはならなかった。

でも、ひとつだけ心配なことがあった。新しいお父さんには娘がいたのだ。ぼくより四つ年下で、志という名前の女の子だと聞いていた。一体どんな子だろう、年下の子なんてどうやって接したらいいのだろう、上手くやっていけるだろうか、本当に大丈夫だろうか。

そんなふうに思っていたぼくの目の前に、その子は——志は、現れた。

父さんの背中に隠れていた志は、父さんに促され、不安げな顔でぼくを見た。丸い大きな目が印象的な子だった。

『志、おまえのお兄ちゃんだよ』

父さんに言われた志は、恐る恐るといった様子で口を開く。

『……お兄ちゃん?』

緊張しているのだろうか、声はか細く震えていた。それでも、大きな目は真っ直ぐにぼくのことをだけを見ていた。

ぼくは膝を折り、初めて会った小さな女の子と目線を合わせた。

『志』

初めて声に出してその名前を呼んだ時、この子はぼくの妹なんだと実感した。志はぼくの妹だ。妹ができたんだ。

ぼくが守らないといけない。一生大切にしよう。

強張っていた顔をお日様のように綻ばせる志を見て、ぼくは強くそう思った。

次の日に司に会った時、ぼくは司と友達になって初めて、司に呆れられた。

それくらい一気に志のことを話してしまった。まだ妹について知らないことばかりで、むしろ知っていることのほうが少ないくせに、どんな子で、どんな声で、どんなことをして、どんな顔で笑うのか、息継ぎも忘れるくらい喋り倒した。

『わかったわかった、瑛。わかったから。また今度会わせてくれ、な』

困った顔で司に言われ、ぼくはようやく喋りすぎたことに気づき、顔を赤くした。

『まあ、仲良くなれそうならいいんじゃねえの』

司も新しい家族のことについて心配してくれていたから、ぼくの様子を見てほっとしたらしい。良かったなと言ってくれて、ぼくも照れながら頷いた。

その数日後には司と志とを初めて会わせた。そしてその日のうちに、取っ組み合いの喧嘩が起きた。

『お兄ちゃんは志の！』

『おれのが付き合い長いんだぞ！』

志とぼくとはそんな喧嘩をすることはないから、まるで兄妹のように言い合う様子に少し羨《うらや》ましく思った。喧嘩の理由がぼくだったから、羨ましい、と本人たちに言うことは決してなかったけれど。大喧嘩するふたりを見ながら、ふたりも仲良くやっていけそうだなとぼくは思っていたのだ。

志が家族になってから、ぼくを取り巻く日々ががらりと変わった。

母さんは仕事を減らし家に長くいるようになり、父さんも土日には必ず家族と一緒に過ごしてくれた。

広い家にはいつだって志がいた。家を広く感じることはなくなった。賑やかな時間が増え、家族と一緒にいることが多くなった。ひとりだなんて思いたくても思えない。ぼくが家にひとりでいると、必ずひょこりと小さな頭が現れて、ぼくを呼びながら笑うのだから。

志が笑って駆け寄って来る姿を見るだけで心があたたかく満たされる。ぽかりと空いた穴は、いつの間にかなくなっていた。

血の繋がらない小さな妹の存在が、ぼくの中でとても大きなものになっていた。大切なものは、他にもたくさんあるけれど。暗闇の中ではそれがどこにあるのかもわからないから、世界を照らしてくれる太陽が、ぼくには必要だったのだ。

あたたかな光。志が、ぼくの太陽だった。

◇

「お兄ちゃん！」

一階から階段を上がって来る足音がする。そして、開けっ放しのドアの向こうから華やかな姿が現れた。

「どう？　可愛い？」

朝顔柄の浴衣を着て、髪に花の飾りを付けた志が、ぼくの部屋に飛び込んでくるなりくるりと一回転しポーズを取った。

「うん。すごく似合ってるよ。お姫様みたいだね」

「えへへ」

照れ臭そうに笑う志の後ろから、また別の足音が慌ただしく近づいてくる。

「志！　せっかく着たのに崩れちゃうから、どたばた走り回っちゃ駄目だって」

額に汗を掻いた母さんが志を捕まえる。

「瑛、あんたも着付けなきゃいけないから、そろそろ下りて来なさいよ」

「うん、今から行くよ」

「お兄ちゃんの浴衣楽しみだなあ。かっこいいんだろうなあ」

「志に見合うよう頑張るね」

机の上に広げていた自習ノートを片付けてから、先に下りていった志と母さんを追いかける。

今日は青見祭り当日。町は朝から浮足立ち、各地で様々な催しが行われている。道の狭い住宅地である我が家の付近では特に祭りらしい雰囲気はないけれど、少し先に行けば、屋台が並び浴衣姿の人たちが歩く、普段とは違う景色を見られるだろう。

志は浴衣を着る前に、母さんとふたりで祭りの様子を見て来たらしい。保管場所から出され、青見神社へ行く最中の山車をすぐ近くで見物できたようで、まだ本番前にもかかわらず「すごかった！」と興奮し、家の中で走り回っていた。

「えっと、男の子は腰骨のところで結べばいいんだっけ。おはしょりもいらないんだよね……」

肌着の上から羽織ったぼくの浴衣の前を合わせながら、母さんが険しい顔で唸る。志の着付けは苦もなくできていた母さんも、男の浴衣を着付けるのは初めてらしく、手つきはかなり慎重だった。それでも、龍樹くんの家で貰って来た手順表を参考に、だらしなくならないようしっかりと着せてくれる。

「確か衣紋《えもん》は抜かないんだよね。男女って結構違うのねえ」

「衣紋って首のところの？」

「そうそう。女の子は襟の後ろのところを引き下げるんだけど､男の子はそのままね」

母さんはそして、腰紐を結んだ上から帯を当てて巻いていく。普段着ている服にはない圧迫感に「う」と唸りを上げたら、女の子の浴衣はこんなもんじゃないんだから我慢しろ、と言われてしまった。確かに自分と志とを比べると、帯を巻いている部分の締め付け具合が見るからに違う。

「あんなに巻かれてよく元気でいられるなあ」

「女の子はね、陰で努力するもんなの」

「なるほどね」

帯を結び、最後に全体を整える。ぴしっと襟を揃えられた姿を鏡で見た時、自分でも思わず見惚《と》れてしまった。今までにない自分の姿に、不思議と背筋が伸びる。

「おお、我が息子ながら男前じゃない」

「そうかな、うん、でも自分でも似合ってる気がする。この浴衣買って正解だったな」

「志の見立てがよかったんだね」

「あ、お兄ちゃん着終わってる！」

「志、ちょっとふたりで並んでて。瑛と写真撮るから」

母さんがカメラを取りに行く。その間、姿見で前から横から自分の姿を確認するぼくの回りを、志がぐるぐる回ってはしゃいでいた。

「超かっこいいよ、お兄ちゃん」

きらきらした瞳で志が言う。

「本当に？　どれくらいかっこいい？」

「クロマグロくらい！」

確か最近志はお寿司にはまっていたはず。

だったら、うん、最高の褒め言葉だ。


「言えよ。そしたらおれも浴衣着て来たってのに」

昼過ぎ。約束していた時間ちょうどに司がうちへやって来た。いつもなら決して司を出迎えない志が、今日は浴衣姿を見せたいばかりに一番にドアを開けに行った。

「司くん。志の浴衣、どう？」

「そうだな。馬子《まご》にも衣装ってやつだな」

「まご？」

「辞書で調べな」

甚平姿の司は、思ったとおり、ぼくを見るなり自分も浴衣を着ればよかったとうな垂れた。あえて言わなかったことは、内緒にしておこうと思う。

「また次の時に着ればいいよ。次に一緒に青見祭りに行く時にみんなで揃いの格好をしていこう」

「次って言ったって、いつになるかわからないんだぞ」

「そうだね」

二週間後には司はアメリカに引っ越してしまう。引っ越してしまえば、いつ戻って来られるかわからない。

「でも、これで最後ってわけじゃないんだから。またいつでも行けるよ」

お別れは来る。けれど決して永遠に離れ離れになるわけではないのだ。ふたたび日本に住む日も来るだろう。その前に遊びに帰って来ることだってできる。繋がりがある限り、次はいつだってやって来る。

司が大きく息を吐く。

「わかったよ。じゃあ約束な。次は必ず一緒に浴衣を着る。絶対だぞ」

「うん」

「志も一緒に行くからね」

無視する司に志が頭突きをする。それを目撃した母さんが、眉を吊り上げて志にゲンコツを落とした。

それからぼくらは家を出て、賑わうほうへと向かった。時間的に、今は五つの山車のすべてが青見神社に集結しているはずだ。様々な神事が取り行われたあとで、山車の引き回しがはじまる。

「とりあえず歩き回って、引き回しを見てから早めに本通りに行っておこうか」

ばらばらに町中を引かれる山車は、最終的に本通りの奥、青見城跡のそばにある青見神社へと再度集結する。この時、すべての山車が本通りを通るため、それを見ようと本通りには多くの見物人が訪れる。早めに行っておかないと良い場所を取ることができない。

「そうだな。それまではまあ、暇つぶしといくか」

町は、いつもの様子とはまったく違う、特別な賑わいを見せていた。普段は本通りくらいしか観光客の来ない町だ。それが今日は右も左も多くの人で溢れている。鮮やかな浴衣に身を包み、楽しそうに笑いながら、お腹を刺激する屋台の匂いの満ちる道を行く。

カランコロンと鳴る下駄の音が、そこかしこから聞こえる。

「相変わらずすげえなあ。毎年見てるのに慣れねえわ」

すれ違う人とぶつからないようにしながら、人混みの中を司を先頭にして進む。

「本当にそうだよね。この空気感はいつ来ても不思議な感じがする」

「だからこそ面白いんだろうけどな」

しかし、地元民であるぼくらは他所から来る見物客よりはこの祭りに慣れている。もうじき通るだろう山車の見えやすい場所ならいくつも把握しているのだ。その中で、比較的空いていた場所を陣取り、山車が通る時間まで待つことにした。

「お兄ちゃん、ナンコツ買って来ていい？」

志がぼくの浴衣の袖を引っ張る。反対の手で指さした先には串焼きの屋台があった。

「いいよ。お金持ってる？」

「お母さんからお小遣い貰って来たから大丈夫」

きんちゃく袋の中身を確かめてから、志は屋台へと買い物に出掛ける。その背中を、司が冷ややかな目で追いかけていた。

「……つうか、なんで志までいるんだよ。おれは瑛とふたりで来たかったってのに」

「ごめんね。志、今日を楽しみにしてたからさ」

「おれだって楽しみにしてたんだけど」

「ぼくもだよ。だから今日はめいっぱい遊んで行こうね」

司は思いきり顔をしかめる。どうも納得していない様子だったけれど、戻って来た志がナンコツ串を三本買って来たことからコロッと態度を変えた。ナンコツを頬張りながら珍しく志の頭を撫でたりもしていた司。ただ、実はその串は一本をぼくに、二本を自分用に買って来たものだったらしく、大事な自分の分を司に食べられてしまったために、今度は志が機嫌を損ねた。その機嫌は、司が代わりに買って来たジュースのおかげですぐに直ってくれたけれど。

しばらくは屋台で買ったものを食べたり飲んだりしながら時間を過ごしていた。そして、そろそろかなと顔を上げたちょうどその時、辺りが一層盛り上がった。

一台の山車の姿が見えた。あれは確か五つの山車で最も華やかものだ。絢爛豪華な山車は主に黒と金で塗られ、色鮮やかな装飾や提灯《ちょうちん》で飾られている。日が暮れれば提灯にあかりが灯るから、もっと美しくなるだろう。太鼓や横笛を奏でる奏者を乗せた山車は、法被《はっぴ》姿の男の人たちに引かれ、大きな掛け声と歓声と共に練り歩く。ぼくももう少し大きくなればあの中に入ることもあるかもしれないけれど、その姿を想像しようとしても、あまり上手くはいかなかった。

山車はゆっくりと道路の真ん中を進んで行き、やがて見えなくなった。その場に留まる人もいれば、ぞろぞろと山車の後ろを付いて行く人たちもいた。

ぼくたちは一旦その場に残り、もう一台ここを通る山車を見学してから、夕方の四時過ぎ頃に本通りへと向かった。

本通りはすでに多くの人がいた。まだ最初の山車が戻って来るまでには一時間半ほどあり、これからさらに人が増えると予想できた。

「瑛、どうする？　おれらももう場所取りしておくか？」

町を回った山車は、最後にあかりが灯された状態で青見神社へと戻って来る。昼間とは違う雰囲気を醸し出す山車をすべて見られるのがこの本通りだ。曳行《えいこう》されていく圧巻の姿を見るために、早いうちからベストポジションを確保している人は少なくない。

「……そうだなあ」

「今なら良さそうな場所空いてるけど」

「それでもいいけど、ずっと人混みにいるから少し疲れたよね」

志のおでこの汗を拭ってやる。志は小さい分、ぼくらより人の圧を感じているだろうし、慣れない浴衣を着ているせいで体力を消耗しているはずだ。平気そうな顔をしていてもいつ電池が切れるかわからない。今のうちに休ませておきたい。

「じゃあ少し、裏通りにでも避難するか」

ぼくの意図に気づいてくれたらしい司が志の肩をぽんと叩いた。当の志は何もわかっていないようで、きょとんとした顔をしていた。

本通りと並行する裏通りは、普段ならほとんど人通りのない静かな道だ。本通りと同じく昔のままの景色が残る趣のある通りだけれど、何せ何もないので、まず近所の人しか使わない道だった。

ただ、さすがに今日は、ぼくらと同じく喧騒から逃れて来た人たちをちらほらと見かけた。そんな人たちのために飲み物を売っている人もいて、ああ今日はいつもと違う日なんだなと、今さらながら思ってしまった。

「人が少ないからか、こっちは涼しいな」

司が大きく伸びをする。確かに、本通りのほうは秋とは思えない熱気に満ちていた。

「一本入っただけで随分空気が違うものだね」

「だな」

本通りの賑わいを遠くに聞きながら、静かな石畳の上を下駄の音を響かせながらのんびりと歩く。涼しい風が、火照った体を気持ちよく冷やしてくれる。

「お兄ちゃん」

ふと、志が袖を引っ張った。「何?」と訊くと、志は真っ直ぐ目の前を指さし言った。

「ヨゴト様」

志の人差し指の先には、古い祠があった。ヨゴト様と地元で呼ばれている祠だ。裏通りの行き止まりに、塀に囲まれぽつんと建っている。

「クラスの子がね、ヨゴト様は願いごとを叶えてくれるって言ってたんだ」

志の言葉に、司が「ああ」と反応する。

「おれも知ってるぜ、その噂。女子たちが言ってたよ。強く願えばどんなことも叶えてくれるってさ。あほみたいにはしゃいでたな」

「ねえ、それって本当なのかなあ」

「んなわけねえだろ。ただの都市伝説だっての」

司に言われ、志は眉をへにょりと曲げながらぼくを見上げた。たぶん志も信じているわけではないのだろう。だから肯定をしてほしいわけではなく、本当のことを知りたい、ってところだろうか。

「みんな、本当にそういうオカルト話好きだよねえ」

口裂け女だったり、こっくりさんだったり。そういった話を聞く分には、ぼくも嫌いではないのだけれど。

「でもぼくも、ただの作り話だと思うよ。そんな都合のいいものなんてないんだ。相手がどんなものであっても、自分の思いを一方的にぶつけちゃいけない。だからするなら願いごとじゃなく、感謝をしないといけないよ」

ぼくはヨゴト様の前に立ち、両手をそっと合わせる。格子状の扉の向こうには、誰かが供えたのだろう、真新しいお菓子がいくつか置かれていた。

「いつも見守ってくださって、ありがとうございます」

もちろんヨゴト様からの返事はない。そもそもこの場所に本当に神様がいるのかどうかもぼくにはわからない。それでも感謝は必要だ。どんな繋がりも、出来事も、奇跡も、すべては思いから生まれるものなのだから。

「……ありがとうございます」

ぼくを真似して、志も両手を合わせた。それを見た司も同じく、志と並んで祠にお参りをした。後ろの塀から茂った木の葉が、さわさわと音を立てて揺れていた。

そして本通りへと戻り、ぼくらは山車が帰って来るのを待った。暗くなってくるにつれ人が押し寄せ、身動きが取れないほどになっていく。

「志。離れないようにね」

「うん」

「おまえはちびだからな。油断するとすぐ潰されちまうぞ」

「うるさい」

司とぼくとで志を挟んで、じっと通りの入口のほうを見つめる。すると、遠くから騒がしい音と声が近づいて来た。最初の山車が戻って来たのだ。

それからはずっと興奮しきりだった。あかりの灯った煌《きら》びやかな山車が、一層の熱気を帯びて次々に目の前を通り過ぎていく。笛の響きや鈴の音、担ぎ手の掛け声が辺りを埋めつくす。呼吸も忘れるほどの時間だった。現実味のない、それどころかこの世のものとも思えない不思議な光景に、ひたすら目を奪われ、胸が躍った。

そしてすべての山車が通り過ぎ、青見神社へと帰ってからも、しばらくは放心状態で、ただただ心臓の音だけが強く高く鳴っていた。

「……すごかったな」

司が呟いて、ぼくは頷いた。

「うん、すごかった。すごい迫力だった」

「あんなのはさすがにアメリカじゃ見られねえだろうなあ。あっちにはあっちのすごいのがあるんだろうけどさ」

「はは、そうだね」

ぼくは、隣で大人しくしていた志を見た。志は丸い目を大きく見開いて、山車が去っていったほうを見つめていた。

「志、ちゃんと見られた？」

「うん。綺麗だったよって、帰ったらお父さんとお母さんに教えてあげるんだ」

「そうだね。そうしよう」

周囲は、青見神社へ向かう人たちと、本通りに居残る人たち、他の場所へ移る人たちとで別れ、しばらく微動だにしなかった人混みがうねうねと動きはじめていた。

ぼくらは花火を見てから帰ることにし、花火が上がるまでは立ち並ぶお店を見て歩いた。この辺りは本通りに店を構える人たちが出している露店が多く、食べ物の他に、和雑貨やお洒落な小物、アクセサリーなども多数販売されていた。

その途中で、志が「あれが欲しい！」と叫んだものを、すでにお小遣いを使い果たしていた志の代わりに買ってあげた。

大きな鈴の付いたちりめん細工のうさぎの根付けだった。十二種類あった干支の根付けのひとつだ。自分の干支を買うとしたら志の場合は辰《たつ》だけれど、せっかくだから気に入ったものを買ってあげることにした。

志は、鈴をチリンチリンと鳴らしながら喜んだ。「落とすなよ」と言う司の声は、はたして聞こえていたのかわからない。飛び跳ねる背中を、苦笑いで見守った。

やがて夜空に花火が上がった。山車を見ていた時と同じく、ただそれだけに心を奪われる時間だった。

花火が終わると、ぞろぞろと帰宅をはじめる人波に混ざり、ぼくらも家路についた。祭りの終わりは言いようのない寂しさがある。以前に司が、消えた線香花火を見て「夏が終わった」と言っていたけれど、今度こそ本当に夏が終わってしまったんだという気持ちにさせられた。明日からはまた、ごくごく平凡な日常がはじまる。秋になり、冬を待つ。なんでもない平和な日常が。

「じゃ、また明日な」

家の前で司と別れた。志もぶんぶんと手を振っていた。

司が角を曲がるまで見送り、ぼくと志はあかりの点いた家へと入っていった。玄関を開けると母さんが出迎えてくれたので、ぼくらは揃って下駄を脱ぎ捨て、汗でどろどろの顔で笑った。

「ただいま」

志

ピアノを習いはじめたのは、お父さんとお母さんが再婚してすぐのことだった。引っ越して来てから通い出した新しい幼稚園で、ピアノを習っている子のお母さんから勧められたのがきっかけだ。

それまでのわたしはピアノをまともに弾いたこともなければ興味を持ったこともなかった。気になれば一直線だがそれ以外のことには恐ろしく無関心な子どもだったのだ。体験に行ってみよう、とピアノ教室へわたしを連れ出したお母さんもそれはすでに承知だったから、一度ピアノに触れさせてみて、関心が向かないようなら習わせるのはやめておこうと思っていたらしい。

しかし、わたしは体験したたった一回のレッスンで、あっという間にピアノに魅せられてしまった。何が気に入ったのかと訊かれると正直よくわからない。ただ、これだけじゃ足りないと思ったのは間違いない。わたしはその日のうちに入会し、ついでにその日のうちに自宅用のピアノも買ってもらった。

好きなことに対しての集中力が人一倍あったおかげか身に付くのは早かった。カノン、メヌエット、エリーゼのために。上達時間に差はあったものの、苦手と思う曲はひとつもなく、どんな曲でも楽しく弾いた。

褒められて伸びるタイプなのは自覚している。上手だと言われると調子に乗り、たまに叱られると地べたに這《は》いつくばった。それでもピアノが好きなのは変わらないので、ひとしきり落ち込んだあとにまたむくりと起き上がりピアノを弾いた。褒められれば、懲りもせずまた調子に乗った。

ピアノ教室にも色々な子がいたけれど、上級クラスの子ともなるとピアニストや作曲家になりたいと話す子ばかりだった。そんな中、わたしは頑として〝ピアノの先生〟を目指した。

わたしを教えていたピアノの先生は、『志ちゃんは演奏家に向いている』と何度となくお母さんに言っていたらしい。今思えばなんとも光栄な話だ。けれど当時のわたしは聞く耳を持たなかった。ピアノの先生になりたい。ピアノの楽しさをみんなに教える人になりたい。強く、強くそう思っていた。

◇

「志？」

呼ばれてはっとした。

顔を上げると、美寄がグランドピアノに寄り掛かりながら、不思議そうな顔で覗き込んでいた。

「大丈夫？　心ここにあらずって感じだったけど」

「うん、ごめん。暇だからぼうっとしちゃってた」

「まあそうだろうねえ。もうちょいしたら出番だから、頑張って」

うららかな午後の音楽の授業中。昼休みのあとで眠いのもあって、窓の外を眺めていたら、美寄の言うとおり、いつの間にか心がどこか遠くへ飛んでいってしまっていたみたいだ。

二学期に入ってから、音楽の授業で合唱曲を歌うようになった。十月の文化祭で行われるクラス対抗合唱コンクールのための曲だ。

その練習をはじめる際、クラス内でまともにピアノが弾けるのがわたしだけだと判明し、わたしは半ば無理やり伴奏を担当することになった。嫌々だとしてもやると決まったからには責任を持たないといけない。真面目に練習をはじめたら、たいして難しくない曲だったために早々に弾けるようになってしまった。

そのため、他のみんながパートごとの練習をしている間は、伴奏を求められない限りやることがなかった。適当に自分の練習もしてみるけれど、気づけば手を止め、ぼうっとしてしまうことも多かった。

「でも意外だなあ、志がピアノ弾けたっていうの」

たぶんパート練習に飽きたのだろう。まだ練習が終わっていない様子のソプラノグループに戻らずに、美寄はグランドピアノの内部を覗いている。

「小学生までで辞めちゃったからね。人にはほとんど言ってなかったし」

「へえ。でも上手だし、続けなかったの勿体《もったい》ないなあ」

「もういいかなって思っちゃったんだよね」

「てかあたしはさ、志がピアノ弾けるってのを、あたしが知らないのに龍樹が知ってたのが悔しいんだよ」

美寄がぶうっと頰を膨らます。

「あはは、何それ。龍樹は小学校からの付き合いだから、仕方ないって」

「それはわかってるんだけどさあ」

「美寄こそ、優雅にピアノ弾きそうな雰囲気あるのに」

「あたしは楽譜一切読めないよ」

やけに自信満々に答える美寄に思わず笑ってしまった。

そのとき。

「こら。おまえら、真面目にやれよな」

と、テノールグループから龍樹がやって来た。呆れ顔の龍樹を、けれど美寄も同じような顔つきで睨む。

「って言いに来る振りしてあんたもさぼりに来たんでしょ」

「……ばれたか。だって飽きるんだもんよ、仕方ないだろ」

うな垂れる龍樹の頭を、美寄が丸めた楽譜でぽこぽこ叩いていた。

ふたりとも決して不真面目なわけではないけれど、何度も同じところばかり歌わされていては確かに集中力も続かない。わたしもぼうっとしてしまっていたし、気持ちはよくわかる。

「あ、そういえば美寄、おれこの間、司さんに会ったんだぜ」

急に元気を取り戻し、龍樹がなぜか自慢げに告げた。

「ツカサさんって誰だっけ」

「志のお兄さんの友達だよ。七年振りに志に会いに来たっていう」

「ああ、その人ね。……って、あんた会ったの？　いつ？」

「日曜日に偶然な。うちの近くで会って、おれがヨゴト様にお供え物しに行くところだったから、一緒に行ったんだ。な、志」

「うん。龍樹のこと、爽やかでいい子だなって言ってたよ」

司くんは、まるでわたしの兄であるかのように、わたしに学校の友達がちゃんといることと、そしていい子が友達であることに安心していた。わたしはもうそんなことを心配されるような歳じゃないっていうのに。

「いいなあ。あたしも見てみたいなあ」

「イケメンだったぞ」

「まじで！」

魅惑の単語に美寄は興奮を隠さない。だからってわけではないけれど、美寄のことも、近いうちに司くんに紹介したいと思っている。

わたしは今、信頼できる友達に囲まれてごくごく普通に生きているのだと……心配しなくてもそういう生活を送れていると、司くんに知ってほしいから。

「あ、そうそう、ヨゴト様といえば、新たな情報があるんだけど」

美寄がぱこんと楽譜を叩く。

「どうせまたくだらないことだろ」

「くだらなくないよ。ま、たいしたことでもないんだけど」

美寄が手招きをしたので、わたしと龍樹は美寄に顔を寄せた。美寄は辺りを見回し、他のクラスメイトたちが誰もこちらを気にかけていないことを確認すると、やや声をひそめ話しはじめる。

「前に、隣のクラスの子が、ヨゴト様にお願いしたら飼ってる犬の病気が治ったって話したじゃん」

「もしかして、嘘だったとか？」

「違う違う。そのワンちゃんは今も元気らしいんだけど、実はその子の隣の家の犬が同じ病気にかかったんだって」

「同じ病気？　別の犬が？」

「わりと珍しい病気だったみたいだから気になったらしいよ。まるでうちの子のがうつったみたいだって。まあ、うつる病気じゃないそうだから、たまたまだろうけどさ」

確かにそんなことになってしまっては、飼い主の子も、関連はなくても手放しで喜べはしないだろう。よくある病気ならともかく、珍しいとあっては、うつったと感じてしまう気持ちもわからないではない。時期が重なってしまったのが運が悪かったと言うほかないけれど。

しかしふと。

なんとなく、話の流れに既視感を覚えた。こんな話を前に聞かなかっただろうか。

相手を不幸にし、反して自分自身には幸福をもたらす……。

「なんかそれって、オーナーが言ってたほうの噂と似てるかも」

ぽつりと零すと、龍樹が眉をひそめた。

「呪うってやつか？」

「えっ、何それ」

美寄が満面の笑みで身を乗り出す。

「いや……バイト先のオーナーにヨゴト様の噂を話したら、オーナーの世代では願いを叶える〝寿詞様〟じゃなくて、人を呪ってくれる〝呪言様〟って呼ばれてたって教えてくれたんだ。呪われたほうは不幸に、呪ったほうは逆に、幸せにしてくれるって」

犬の飼い主である子は、決して隣の家を不幸にしたかったわけではないだろうけれど、自分の犬が元気になり、代わりに隣の家の犬が病気になったという構図は、結果的にオーナーの言っていたヨゴト様の話と一致している。

もちろんこれもたまたまだとは思うけれど、多少気味悪くも感じてしまう。

「ちょっと、ヨゴト様ってそんなに怖いものだったの？」

「だから面白半分で触れるなって言ったろ」

龍樹に叱られ、美寄は反省しているのかいないのか、下くちびるをつんと突き出した。

龍樹が大きなため息を吐く。

「たぶん、ヨゴト様に何かを願うには、身代わりが必要ってことなんだろうよ。自分が幸せになりたいなら、別の誰かが不幸にならなきゃいけないっていう。それが呪うってことになったんだろ」

つまりヨゴト様はまさしく、人を呪っているわけではなく、人の願いを叶えているだけなのだ。わたしたちの世代に流れている噂も、オーナーの話してくれたものも、決して間違いではない。

「……なるほどね。ワンちゃんの件も、隣の犬を代わりに、なんて願ったわけじゃないだろうけど、自分のペットを治してほしくて必死なら、他の犬にうつっちゃえばいいのにってつい思っちゃったかもしれないね」

「まあ、だとしても偶然だろう。ヨゴト様の話はただの言い伝えや都市伝説の類であって、本当に起きるわけはねえんだから」

「そうかなあ。あたしは本当っぽい気がしてるけど。志はどう思う？」

美寄に訊かれ、少し迷った。

以前なら、あるわけないと即答していたはずだけれど。この頃は何か、引っ掛かりを感じるようになってしまっている。

だとしてもやはり、こんな不可思議なことが、現実に起こるわけがない。

「……龍樹の言うとおり、偶然だよ」

「ええ？　志までつまんないこと言うの？　てかさ、龍樹はヨゴト様に真剣にお参りしてたじゃん。なのに信じてないわけ？」

「大切に思って手を合わせるのと、妙な噂話を真に受けるのとは別だっての」

龍樹の言うことはごもっともだ。それでも、美寄は納得いかないらしい。しばらく考える素振りをしてから、ふたたびぽんと楽譜を叩いた。

「ねえ、もう一回行ってみようよ。あたし、ヨゴト様の謎を暴いてみたい」

声を弾ませる美寄に、龍樹が苦虫を噛み潰しセンブリ茶を一気飲みしたかのような顔をする。

「はあ？　馬鹿言え、謎なんてあるわけないだろ。そもそもおれと志はこの間行ったばかりなんだけど」

「それあたし行ってないもん」

こういった言い合いになると、美寄のほうが断然強いことを知っている。しばらく黙って見守っていると、案の定龍樹が折れ、放課後ヨゴト様へ行ってみることになった。

「志も行くよね？」

「うん、今日はバイトないし」

「ったく、余計なことはしないでくれよ」

龍樹がため息をついたその時、さすがに喋りすぎたのか先生が般若《はんにゃ》顔で向かってきたため、慌てて解散した。

そろそろ合わせるよ、と指揮者の子が言うので、わたしは座り直し、目の前の白鍵《はっけん》を軽く叩いた。


「ばあちゃんから鍵借りてきたよ」

本通りの和菓子屋でお供え用のお饅頭を美寄と買っていた時、祠の鍵を取りに一旦家に戻っていた龍樹が合流した。下手に適当にあしらうより、満足いくまでじっくり見せたほうが早く諦めるだろうと、祠の中まで美寄に見せることにしたらしい。

「お供え物は？」

「ばっちり。ほら、ヨゴト様の好きそうなどら焼きと和三盆」

「おまえがヨゴト様の何を知ってんだよ」

和菓子の袋を抱える美寄と、先導する龍樹と三人で、裏通りのヨゴト様へ向かう。

今日も変わらず人はなく、暇そうな野良猫だけが祠のそばで夕涼みしていた。猫は、わたしたちが近づくと面倒そうな顔をして、にゃおんと一声鳴きながらのそのそとどこかへ行ってしまった。

「少し中を見させていただきます」

龍樹が手を合わせてから祠の南京錠を外す。美寄がお供え物を用意し、以前龍樹が置いたものだろうお饅頭と、新しく買って来たお菓子とを交換した。

「へえ、中はこんなふうになってるんだ」

美寄が首を伸ばして祠の中を覗く。しかし別段変わったものはなく、前回来た時からの変化もない。祠の中は、赤い前掛けをした大きめの石が祀られている。

「お地蔵様みたいに彫られてるわけじゃないんだね」

美寄が両方の手のひらを石に向かいかざす。

「……特に何も感じないな」

「美寄、霊感みたいなのあるの？」

「いやまったく」

じゃあ感じるわけないだろ、とわたしは口にはしなかったが、龍樹はもろに声に出して言っていた。

たとえば何かが封じられていそうな壺《つぼ》があったり、お札がびっしり張られていたりしたらさすがに一目散に逃げ出すけれど、ヨゴト様は逸話のわりに至極普通の、どこにでもあるような祠に過ぎない。この辺りで怖い目に遭ったとか、恐ろしいものを見たという話も聞いたことがないし、結局はヨゴト様にまつわる不思議な話がひとり歩きしているだけなのだ。

「どうだ？　秘密とやらは見つけられそうか？」

「んん……なんか祠がからくり仕掛けになってて、どこかを叩いたら秘密の扉が現れるとか、ない？　そんでそこに、妖怪のミイラが入ってるとか……」

「なんで妖怪のミイラなんだよ」

「人毛とか人骨が入ってるよりは怖くないかなと思って」

もちろん、祠に面倒な仕掛けなどなく、格子戸の中の小さな空間にあるものだけがすべてだった。さすがの美寄もこれ以上見ていてもわかることは何もないと悟ったらしく、早々に諦め調査を終えようとした。

その時。

「あれ？」

と美寄が声を上げた。

そしてふいに石が着ていた赤い前掛けに指を掛ける。

「ちょっと、見てよこれ、この前掛け」

「……嘘だろ。そんなんなってるの、知らなかったぜ」

「今まで気づかなかったよね……」

色褪せた赤い前掛けは、よく見ると、首元にあたる部分が開く、袋状になっていた。何気なく見ているだけでは決して気づかないだろう。現に、わたしより遥かに頻繁にここへ来ている龍樹でさえその事実を知らなかった。

「龍樹、この前掛けっていつからしてる？」

「わかんねえ。少なくとも十年は替えてないはずだけど」

「ちょっと取ってみよう」

龍樹の制止も聞かず、美寄は「お借りします」と声を掛けてから、前掛けの紐を外した。

そして袋の口を開ける。

「……」

中身を見た美寄はじっと押し黙り、そしてなぜか無表情のまま、わたしと龍樹を順に見た。

「どうしたの美寄。何かあった？」

「何もないよな。あるわけないって」

むしろそうであってくれと祈るわたしたちを、美寄はやはり無表情で見つめ、そして静かに呟く。

「……なんか入ってる」

その瞬間、わたしも龍樹も逃げる準備をした。

しかしわたしたちが駆け出すのより先に美寄は袋の中身を取り出していた。

「……」

入っていたのは、折り畳まれた紙だった。どうやらごく普通のメモ用紙らしい。特に色褪《あ》せているわけでもなく、さして古くない物のように見える。

「なんだ、何か呪いのお札でも封印されてるかと思ったら。この新しさじゃ違うね」

「おまえ本当、頭おかしいぞ」

「龍樹、あんた妙な噂は信じてないって言ってたくせに。何怖がっちゃってんの」

「うるさいな。つうか、志だって逃げようとしてただろ。こいつのほうこそオカルトじみた話は一切信じちゃいないくせに」

「信じちゃいないけど、自ら危険に足を突っ込むことはしないよ、わたしは」

今のは肝が冷えた。あまりに馬鹿げたオカルト話ならともかく、神仏を心底から否定しているわけではないのだ。祠に隠されるように入れられていた物に遠慮なしに触れるなんて、いくらなんでもさすがにしようとは思わない。あと、怖いものは怖い。

「なんの紙だろう。この前掛けの領収書なんてオチじゃないだろうね」

罰が当たりはしないかと不安がるわたしと龍樹をよそに、美寄は四つ折りにされたメモ用紙をおもむろに広げる。

そして。

「……何これ。誰かへのメッセージ？」

メモには何かが書かれていたらしい。美寄は眉を寄せながら、わたしと龍樹にメモの表側を向けた。

『その手から溢れるくらいの幸せが、これからの未来に訪れますように』

真っ白な正方形の用紙には、手書きでそう記されていた。

誰からのものか、誰に向けてのものか。

名前はなく、ただ誰かの願いだけが書かれていた。

「ヨゴト様へのお願いかな。誰のだろう」

美寄はわたしに紙を渡し、自分は前掛けを祠の石へと戻していた。

「でも、祠には鍵が掛かってるんだぞ。前掛けの中に入れようと思うと、誰にでもできることじゃない」

「鍵って昔からあったの？」

「いや……五年くらい前からだけど。その前なら確かに、誰でも触れたな」

「新しく見えるけど、ずっと袋に入ってたなら数年くらいは経ってる可能性あるよね」

美寄と龍樹が話している間、わたしはじっと手元のメモを見つめていた。

心臓がいやに大きく鳴り出している。

「志、どうかした？」

美寄に声を掛けられても、しばらくは答えることができなかった。やや経ってから、どうにか顔を上げ、かすかに震える手でふたりの前にメモを差し出す。

内容には心当たりはない。けれど、その文字は、知っていた。

「これ……」

「お兄ちゃんの字だ」

中学一年の男子にしては、綺麗な字を書いていた。いつも見ていたからよく覚えている。

ほんの少し右上がりになるところやはね方の癖。字を書くのが苦手なわたしは、お兄ちゃんのような字が書きたくて必死に真似をしていた。だからお兄ちゃんの字なら誰より知っている。見間違えることはない。

「お兄ちゃん、って。嘘、志のお兄さんが書いたってこと？」

「まじかよ。てか、だったらこれ、警察とかに持っていったほうがいいやつ？」

「そ、そうだよね。志のお兄さんの手掛かりになるかもしれないし」

やっと見つかった新しい情報かも、と美寄が言う。

その時。

わたしのスマートフォンが短く鳴った。

見ると、司くんから連絡が入っていた。

『明日、金子あずさに会いに行かないか』

返事はせずに、鞄にスマートフォンをしまう。

「警察に持っていくかは、家族と相談してから決めるよ。このメモ、持って帰ってもいい？」

「もちろん」

「変に混乱しちゃまずいだろうから、とりあえずこのことはおれも美寄も誰にも言わないでおくよ」

「うん、ありがとう。そうしてくれると助かる」

わたしは、メモをふたたび四つに折り畳んで、制服のポケットにしまった。

これがお兄ちゃんの書いたものであることは間違いない。けれど、いつ書いたのか、なんのためにここに置いたのか、誰に宛てたものなのか。それは今の段階では一切わからなかった。

お兄ちゃんはこのメモで、一体何を伝えたかったのだろう。

ヨゴト様は何も教えてはくれずに、黙って佇んでいるばかりだ。

◇

最寄駅から、在来線を乗り継いで約三時間。誘拐事件の被害者である金子あずさが現在住んでいる土地までは、ふたつの県を経由したのちにようやく辿り着いた。

県庁所在地ではあるけれど、特に栄えている印象はない。わたしの住んでいる場所と別段変わらなく見える、良くも悪くも平凡な街だ。ただ、真冬になれば数メートルは雪が積もる土地でもあるそうだから、もう少し寒ければ、あまり雪に慣れていないわたしは訪れるのを躊躇したかもしれない。

昨日、司くんから入っていた『金子あずさに会いに行かないか』という連絡に、夜になってから返事をした。あずさちゃんに会いに行ったところで意味はないかもしれないし、そもそも本当に会えるかどうかもわからない。けれど、ここまで来たらとことんまでやるしかないだろうと、行くという返事を打った。

平日のため、学校はさぼることになる。美寄と龍樹にだけは本当のことを伝え、お父さんとお母さんには、余計な心配を掛けないよう学校に行く振りをして見せた。おかげで必然的に制服を着ていくことになってしまったのだけれど、司くんは『これだけ堂々としてたほうが補導されなくて済む』と、むしろ制服姿を推していた。

あずさちゃんの通う学校の近くまで来た時、ちょうど時間は昼時になっていた。

学校の場所を確認してから、わたしたちは近くの喫茶店で腹ごしらえと暇つぶしをすることにした。テストや行事があるわけではなさそうなので、生徒の帰宅がはじまるのは早くて十五時半頃になるだろう。その時間から待ち構えていれば、恐らく下校中のあずさちゃんに会えると思う。

「おまえ、金子あずさの顔って覚えてるか？」

カルボナーラをフォークに巻き付けながら、向かいに座る司くんが言う。

「一応覚えてはいるけど。ただ、小学三年生の時に会ったきりだからなあ。女の子って結構変わるし」

わたしはデミグラスソースのオムライスを頬張る。

「ああ、志でさえ最初に見た時はわからなかったもんな。わかったうえで見ると、なんも変わってねえのに」

「背は伸びました。体重も増えました」

ぎりっと睨みつけたところで、わたしの精一杯の鋭い視線など司くんに効かないことはわかっている。こんなところで体力を使っても仕方ないので、苛立ちごと飲み込むつもりでオムライスを掻き込んだ。

地元のものではない制服を着た女子高生がこんな時間に喫茶店にいて怪しまれないものかと少し心配したけれど、司くんの言っていたとおり堂々としていればさして怪しまれないものらしい。ただし、もしも司くんがイケメンでなければ多少状況は違ったかもしれない。爽やかな男前というのは、それだけで信頼度が増すものなのだ。非常に妬ましい。

　それでも長時間居座っていると、怪しまずとも気になりはするのだろう。食後にコーヒーを頼んだ時、運んできてくれた人の良さそうなおばさんが「ご兄妹？」と訊いてきた。

　すると、司くんは得意の猫被りスマイルを浮かべながら、

「はい。身内の通夜でこの街に来ているんですが、準備中は子どもは邪魔だって追い出されてしまいまして。すみませんが、もうしばらく居させてもらっても構いませんか」

　と、また適当なことを答えていた。

　十四時まではあっという間だった。早めに校門の近くで待っておくつもりなので、あと一時間もしないうちに店を出ることになる。

　わたしは、少しためらいつつも、鞄からメモ用紙を取り出し司くんに渡した。昨日見つけたお兄ちゃんのメモだ。

「ねえ、これ見て」

「ん？」

　折り畳まれたメモを開く。中に書かれた文字を見て、司くんは目を見開いた。

「おい志、これって」

「うん。お兄ちゃんの字だよね」

「どうしたんだこれ。どこにあった？」

「ヨゴト様の、石が着けてた赤い前掛けの中に隠されてた」

お兄ちゃんがいつこのメモをヨゴト様に隠したのかはわかっていない。失踪前なのか、あとなのか。もしくは、いなくなった、あの祭りの最中でなのか。そもそも、書いたのはお兄ちゃんであっても、あの場所にメモを入れたのがお兄ちゃんであるとは限らない。

「志、このメモのこと、おじさんかおばさんには言ったのか？」

「ううん、まだ。龍樹と美寄……美寄ってのもわたしの友達なんだけど、このふたりだけが知ってる」

「そうか。これを書いたのが、瑛ってことは確かだろうが」

「美寄はヨゴト様への願いごとかなとも言ってたけど。ほら、ヨゴト様の噂のことがあるから」

ヨゴト様が願いを叶えてくれるという噂を、司くんは知っていた。だったらお兄ちゃんも耳にしていたかもしれない。

ただ、お兄ちゃんが、そんな噂話を信じたとは思えないけれど。

「その話であれば瑛も知ってるはずだ。でも、あいつがそんな噂に乗るかな」

わたしと同じ疑問を司くんも抱いたらしい。司くんは頬杖を突きながらじっとメモのメッセージを見つめていた。

『その手から溢れるくらいの幸せが、これからの未来に訪れますように』か……。本当にヨゴト様への願いのつもりで書いたのなら、誰を幸せにしてほしいか、おれなら名前を記すけどな。そうでないとヨゴト様へ伝わらない」

「でも、自分のことなら書かないかもよ。願いごとをしに行ってるのは自分なんだから、ヨゴト様もわかってるだろうし」

「いや、これは瑛のことじゃない。〝その手〟ってことは、別の人間のってことだろう」

「あ、確かに」

自分の手のことであれば〝この手〟と書くはずだ。〝その〟であれば、自分ではなく、他の誰かの手のひらのことを言っている。

お兄ちゃんは、ヨゴト様ではなく、その誰かに向けてこのメッセージを書いたのだ。

「どうやってこのメモを見つけたんだ？」

「ああ、実は美寄が、ヨゴト様の謎を調べたいって言って」

「謎？」

わたしは司くんに、美寄が聞いたヨゴト様に関する話と、メモを見つけるまでの経緯を話した。

「ふうん、なるほどね。ヨゴト様の噂が真実なんじゃないかって調べたわけか。呪いと、身代わりね。病気を治すにはその病を別の誰かに被ってもらうってことか」

「まあ、結局ヨゴト様のことは一切わからなかったんだけど」

その代わり、別の新しい謎を見つけた。この、お兄ちゃんからのメッセージだ。

「ねえ、これってさ、お兄ちゃんの手掛かりになるかな？」

「さあな。今のところさっぱりわからん」

司くんが唸る。

「なんだって瑛はこのメモをヨゴト様へ残したんだ？　ヨゴト様との関係はなんなんだ。それとも、たまたまか」

「わたしの記憶では、お兄ちゃんは別段ヨゴト様に興味を示してた様子はなかったけど」

「おれの記憶でも同じだよ。それなのにヨゴト様へこれを隠したことに、何か意味はあるのか？」

「わかんないけど……ねえ、それより、その願いが誰について書かれたものかってことは知りたくないの？」

司くんの口からその疑問が出て来なかったことを疑問に思った。けれど、わたしが問うと、司くんは「はあ？」と素っ頓狂《すっとんきょう》な声を上げ、かつ鼻で笑った。

「知りたいどころか、そんなもんハナからわかりきってるだろ」

「え、嘘？　全然わかんないんだけど。誰？」

もしかして彼女でもいたのだろうか。そんな素振りはなかったし、話だって聞いたことがないけれど……。中一だったらいたとしてもおかしくはない。司くんほどではないにしろ、お兄ちゃんもそこそこモテていたようでもあるから。

「……」

悩むわたしを、司くんはなぜかひどく蔑むような目で見下ろしていた。それからこれ見よがしにため息を吐き、

「どうかな。おれかもね。なんせおれは瑛の一番の友達だからな」

と、小馬鹿にした笑みを浮かべた。

「……なんか腹立つなあ」

「嫉妬は良くないぜ。ま、なんにせよ、これが瑛のものであるのは間違いない」

司くんの指先がメモのメッセージをなぞる。まるで壊れ物にでも触れるかのような仕草に、文句を言いかけたくちびるをむっと閉じた。

司くんの思いの深さを見てしまった気がした。

ずっと探していた、お兄ちゃんへの道しるべ。このメッセージが方向を示してくれるかはまだわからないけれど、何も見つからなかったこれまでとは、もう違う。

「必ず追いつかないとな」

わたしたちも、進まないといけない。


十五時前に店を出て、あずさちゃんの通う私立高校のすぐそばへ向かった。わたしの通う学校よりも遥かに綺麗で立派に見える校舎には、授業を受けている生徒の影が見えている。

「あまり門のそばでうろついているとさすがに通報されるな。下校がはじまるまでは、大人しく隠れておこう」

司くんの言葉に賛成し、少し離れた場所から正門を窺った。学校には他にも校門があるけれど、日常的に使われているのは正門ひとつだけのようだった。

やがてチャイムが鳴り響き、ちらほらと、清楚《せいそ》なブラウスに身を包んだ生徒たちが門から出てくるようになった。女子校なので、当たり前だけど女子しかおらず、共学に通うわたしには少し不思議な光景だった。

「よし、志、行け。いかにも待ち合わせしてますってふうを装って金子あずさを探すんだ」

「え、司くんは？」

「そばにいるから安心しろ。でも、おれが前に出ると、向こうも警戒するかもしれないだろ」

「わ、わかった」

司くんを後ろに引き連れ、恐る恐る校門前に移動し、帰宅する生徒たちを観察する。あずさちゃんがどのタイミングで出てくるかわからないから、ひとりたりとも見逃すことはできない。

怪しまれる覚悟はしていたけれど、下校する生徒たちは存外こちらに興味を示すことはなかった。ちらっと見てきたり、少なからず後ろのイケメンに気づく女子がいたりはするものの、反応はいたってあっさりとしている。

「志、いないか？」

「うーん、たぶん、今のところは」

下校する生徒は増えてきた。それでもあずさちゃんらしい人はまだ見つからなかった。とはいえ、万が一あずさちゃんの風貌があまりにも変わってしまっていたら気づけないかもしれない。

「金子あずさの容姿って、可愛かったんだっけ？」

「うん。目がくりっとしてて、身長とかはわたしと変わらなかったけど、髪が長くて綺麗だった」

「髪型はさすがに変わっている可能性があるからなあ」

それはそうだろう。小三から高一だ。髪を伸ばすのが苦手でずっとボブを貫き通している、わたしみたいなのが稀《まれ》なのだ。

「ま、気長に探すしかないな。部活をしていたらまだ帰宅しないだろうし」

「そもそも今日登校してるかも知らないしね」

「ある程度で諦めることも考えないといけないか。おれはともかく、おまえは早めに帰さないと。帰りも三時間かかるし」

「でも、お父さんもお母さんも帰って来るのは夜遅いから心配ないよ」

「馬鹿。おじさんたちがいないからって遅くまで出歩いていい理由にはならねえよ」

「司くんって変なところで真面目だよねえ」

真面目と言うか、たぶん、わたし相手だからかもしれない。司くんにとってわたしはいつまでも『瑛が庇護《ひご》していた小さな妹』であるのだ。わたしはもう、あの時のお兄ちゃんよりも年上だというのに。

「とりあえず、一時間は粘ってみるか」

司くんが腕時計を確認する。

その時。ふと、校門の向こうから談笑しつつ歩いてくる三人組に目がいった。

真ん中を、すらりと背の高い、髪の長い女の子が歩いている。ストレートの長髪は、わたしの記憶の中のあずさちゃんとよく似ていた。

「あの子……」

「どうした、いたか？」

「わかんない。でも、似てる気がする」

身長は、両隣の子たちに比べて頭半分ほど高く、小学生の時の印象とは違う。それでも、長く伸ばした黒髪と、近づくにつれはっきりと見えてくる整った目鼻立ちは、昔の面影をそのまま残していた。

やっぱり、あずさちゃんだ。

「司くん、いた！」

「本当か。よし、行け、声掛けろ」

「えっ？　声掛けるの？　どうやって？」

「久しぶり、とかなんとか言えばいいだろ」

「向こうが覚えてるかもわかんないのに？」

それでも行くしかなかった。

わたしは半ば押される形で、ちょうど校門から出てくるところだったあずさちゃんの前に飛び出した。

よろけた体を起こし、顔を上げると、あずさちゃんが目を丸くして固まっていた。

当然だろう、知らない人が急に目の前に現れれば、わたしなら「ぎゃあ」と汚い叫び声を上げてしまうと思う。

「あ……えっと、金子あずさちゃん、だよね」

わたしが名前を呼ぶと、あずさちゃん本人はもちろん、両隣のお友達も強く警戒心を見せてきた。もしかしたら彼女たちは、あずさちゃんがかつて事件に巻き込まれたことを知っているのかもしれない。

「あの、急にごめんね。覚えてるかな、わたし、えっと、深川と申す者ですが……」

きっとあずさちゃん側も困惑しているだろうが、こちらだって負けないくらいパニックになっている。もしもこれで「あんた誰」と言われたらどうしたらいいだろうか。ここまで来て引き下がるのも嫌だけれど、無茶をしてあずさちゃんを怖がらせてしまうのは本意ではない。

事前にシミュレーションをしておくべきだったと後悔するわたしに、追い打ちをかけるように両隣の女の子からの鋭い視線と「あんた誰？」という想像どおりの言葉が突き刺さる。

けれどあずさちゃんは、その子たちを制し一歩前に出ると、わたしの顔をじっと見つめ、そしてやや窺うような表情でこう言ったのだった。

「……志ちゃん？」

あずさちゃんの案内で、さっき行った喫茶店とは別のカフェへとやって来た。

お友達ふたりとは、あずさちゃんから「前の地元の友達だから」と説明してもらい、校門前で別れている。ふたりは不安そうな顔をしながらも、あずさちゃんの「大丈夫」という言葉を聞き、手を振って帰っていった。あずさちゃんもわたしと同じで良い友達に恵まれているみたいだ。

「あの、本当に急にごめんね。こっちは、わたしの兄の友達」

「葉山です」

「はじめまして。金子あずさと言います」

席に腰掛け、飲み物を注文してから、改めてお互い挨拶をした。あずさちゃんは、司くんにやや緊張していたようだけれど——たぶん、いまだに大人の男性への恐怖感が抜けきっていないのだろう——司くんが微笑むと、あずさちゃんもぎこちない笑みを返してくれた。

「それにしても驚いたな。まさか志ちゃんが会いに来るなんて思わなかったから。まだ青見に住んでるなら、ここまで結構かかるでしょ」

届いたアイスティーにミルクを注ぎながらあずさちゃんは言う。

「そうだね。だから無駄足になったらどうしようって思ってたけど、あずさちゃんを見つけられてよかったよ。あずさちゃん、全然変わってないね」

「あはは、身長は中学で急に伸びちゃったんだけどね」

「確かに、大人っぽくはなったよね。昔以上に長い髪が似合うようになった気がする」

以前はお人形さんのように可愛かったけれど、今は涼しげな大和撫子《やまとなでしこ》といった印象だ。

あずさちゃんは「そうかな」と照れ臭そうに笑いながら、自分の長い髪を手で梳《す》く。

「でも、志ちゃんくらい短くしてた時もあったよね」

「え、そうなの？」

「あれ、志ちゃんは知らないっけ？」

「わたしと同じくらいにばっさり切ったとなったら、印象に残ってるはずだけど」

「ああ、そっか……確か、あの日の前日に切りに行ったんだよね。だからあの髪型では志ちゃんには会ってないんだ」

あずさちゃんの目が少し伏せられる。

あの日、というのは、誘拐事件のあった日だろう。わたしは事件当日にはピアノ教室に行っていないため、前日に髪を切ったのであればその姿は見ていない。事件以降あずさちゃんに会ったのは、今日が初めてだ。

「あのあとわたし、ピアノ教室も辞めちゃったから……。あ、でも、ピアノ自体は今も続けてるんだよ」

あずさちゃんがぱっと顔を上げる。

「そうだったんだ。どうしてるかなって思ってたんだよね」

「外が怖くて学校にも行けなくなってたんだけど、家にいる時間が長くなった分、ずっとピアノを弾いてたの。こっちに引っ越して来てからも。ピアノがあったから前向きになれて、また外にも出られるようになったんだと思ってる」

嬉しそうに話す声に、わたしは頷いた。

きっとあの事件で日常のほとんどが壊されてしまったはずだ。その中でも変わらず残ったものは、きっと彼女にとってとても大きな支えになったのだと思う。

「本当に良かったよ。あずさちゃん、ピアノすごく上手だったから」

「何言ってんの、志ちゃんこそいつも先生に褒められてたくせに」

「そうかな」

「ねえ、志ちゃんもピアノ続けてる?」

訊ねられ、一瞬くちびるの端が固まってしまった。

ひとつ呼吸をしてから返事をする。

「小学校まではやってたんだけど、中学に上がるのと同時に辞めちゃったんだ」

「そうなんだ……。わたし、志ちゃんのピアノ好きだったんだけどな。ピアノの先生を目指してるって聞いて、きっといい先生になると思ってて」

「昔の夢だよ。今は、国語の先生を目指してる」

「……そっか。うん、そっちも応援する」

「ありがとう」

笑顔で答えた。隣の司くんの視線がこちらに向いている気がしたけれど、あえて振り向かなかった。

「って、こんなお喋りばっかりしてても仕方ないよね。わたしに話があって、わざわざここまで来てくれたんでしょう」

あずさちゃんが表情を変え、真っ直ぐにこちらを見る。

わたしはアイスコーヒーを一口飲んでから、椅子に座り直した。

「実はわたしたち、あることを調べてて、それであずさちゃんに話を聞きに来たんだ。通ってる学校については記者をやってた人から教えてもらって。勝手に個人情報を聞き出しちゃってごめん」

「学校のことについては、志ちゃんたちを責める気はないけど……ねぇ、調べてることって、志ちゃんのお兄さんのこと？」

あずさちゃんは、どうしてわかったの、というわたしの疑問に、わたしがそれを口にするより先に答えた。

「聞きたいことって、あの事件のことでしょう。あれって最初、志ちゃんのお兄さんの失踪も絡んでるって思われてたんだよね。それに、葉山さん、お兄さんのお友達ってことだし。わたしの居場所を調べて会いに来るくらい、必死ってことでもあるんだし」

「……うん。まるっと、あずさちゃんの言うとおり」

「調べてるってことは、お兄さん、まだ見つかってないんだね？」

頷いた。

まだ見つかっていないどころか、当時からほとんど何も進展していないのだと、あずさちゃんに話した。

「わたしたち、お兄ちゃんがどうしていなくなったのかが知りたくてふたりで事件を調べ直してるところなんだ。その途中であずさちゃんに会って話を聞いてみようってことになって。あずさちゃんはあの事件のことを話したくないかもしれないけど……」

忘れたいことを掘り返させてしまう可能性はある。事件のことを当事者に聞くのは、相手を深く傷つけてしまうかもしれない。そのことは、十分身に沁《し》みて知っている。

「ううん。そういうことなら、構わないよ。だけど、わたしの事件とお兄さんとの関連はなかったはずだよね？　話したところで役に立つかな」

「関連ないって結論づけられてるのはもちろん知ってる。でも、何か少しでも手掛かりが欲しくて、念のため一から探ってるんだ。どこかにヒントがあるかもしれないから。だから、教えてほしい」

「……うん、わかった」

あずさちゃんはコップの半分ほどになるまでアイスティーを飲むと、数秒まぶたを閉じ、ふたたび開けてから、話し出した。

「あの日は月曜日だった。朝、学校から、青見町内で中学生が行方不明になって現在も捜索中って連絡網が届いたの。あの時はまだ報道とかはされてなかったと思うけど、その連絡網で、志ちゃんのお兄ちゃんが行方不明になったって知ったんだ」

もちろんその時点ではそれがわたしのお兄ちゃんであるとは知らなかった、ということをあずさちゃんは続ける。

「事件の可能性もあるから注意してってことで、朝、学校にはお母さんが送ってくれて、帰りは確か、先生の付き添いで集団下校をしたはず。月曜日はピアノ教室があるから、家に帰ってすぐ、またお母さんに送ってもらって教室まで行ったの。お母さんは、心配だから休ませようとしてたみたいだけど、わたしはピアノが大好きだったから絶対にお休みなんてしたくなかったんだよね」

そしてあずさちゃんはいつものようにピアノ教室へ向かい、レッスンを受けた。その間、送って来たお母さんは別の用事に出掛け、レッスンが終わる時間に合わせふたたび教室へと迎えに来る約束だった。

「でも、お母さんがちょっと時間に遅れてて。待っている間暇だから、たまにお母さんと行く近くの本屋さんに行こうと思ったんだ。知ってる？　教室の近くのお店、普通の本屋さんなんだけど、ピアノの楽譜がすごく充実してたんだよね。だから帰り道とは違うけど時々買いに行ってたんだ」

その本屋さんなら知っていた。ピアノ教室の帰り道にあるから、何度か利用したこともある。

「近くで中学生が行方不明になったっていっても、大人たちが言うほどには警戒してなかったんだよね。自分には関係ないって思ってた。だから平気で、ひとりで歩いていってた。その途中、本屋さんまであと少しってところで、急に隣に大きい車が止まって」

犯人は、黒のワゴン車に乗っていたらしい。よくある珍しくもない車種だ。その辺りを走っていても誰も気にも留めない。

「びっくりしてわたしも立ち止まっちゃったの。そしたら車から男の人が出て来て、でもはっきり顔を見る前に、頭に何か布を被せられた。それからは何も見えてないからわからないけど、たぶん車に乗せられて、手と足に、ガムテープを巻かれて」

淡々と話していた声が少しだけ震え出した。大丈夫だろうかと心配したけれど、あずさちゃんは、話を止めることはなかった。

「それから、色々なところをぐるぐると、四時間くらい車で走ったみたい。正直、その時は時間の感覚なんてさっぱりわからなかったし、どこを走っていたかももちろん知らない。苦しかったし、ずっと、ただただ怖くて仕方なかった。でも、一番怖かった時は、車が止まって、ドアが開いて、頭の布を取られた時」

そこであずさちゃんは、犯人の顔を見た。

そして犯人も、あずさちゃんの顔を見た。

「特別凶悪な顔をしていたわけじゃないと思う。でもその時のわたしには、目の前の男の人がひどく恐ろしいものに見えた。怖くて叫び声も上げられなくて、ただ目を逸らせずに男の顔を見てた」

殺されると思った。けれど、もし手足の拘束がなかったとしても逃げられなかっただろうとあずさちゃんは言った。それほどの恐怖で、体がどこも動かなかった。

「でもね、男はなぜか、わたしに何もしなかったんだ。手足のガムテープを外して、そのまま車の外に放り出して、そして自分は車に乗ってどこかへ行ってしまった。外は真っ暗で、ほとんど街灯もない道だった。山のほうだったのかな、わたしがいたのは砂利の空き地みたいなところだったけど、暗くてよくわからなかった。わたしはしばらく呆然と砂利の上にへたり込んで、動けないでいた。でも、特にきっかけも何もなく、急に逃げなきゃって気になって、立ち上がって道路を走り続けた。そのうち見えてきたあかりに向かって、助けてって叫びながら飛び込んだの」

そこがあずさちゃんを保護したガソリンスタンドだろう。あずさちゃんはその後、家族とも再会し、無事に家に帰ることができた。

「当時は、しばらくの間まともに他人との会話ができなくて、自分ではここまで詳しいことは話してないんだけど。でも、わたしが話さなくても警察はいろんな方面からきちんと調べるみたいで、わたしが知るよりももっと詳しい状況がきちんと報告されていたはず。だから、今わたしが話したことなんて、志ちゃんたちはもう知ってると思うけど」

あずさちゃんが申し訳なさそうに眉を下げる。

「ううん、話してくれてありがとう」

「確か、すぐに犯人は捕まったんだよね。わたしがショックを受けるからってしばらくは秘密にされてたけど、あの男が以前に小学生の女の子を殺害してたっていうのは、何ヶ月か経ってから知ったよ。知った時は怖くて震えたし、同時に、殺されなくてよかったって心底からほっとした」

あずさちゃんは決して笑みは見せなかった。

一度くちびるを噛み、目を閉じてから深呼吸をすると、少し緊張の解けた表情をこちらに向けた。

「ごめんね。やっぱり、志ちゃんのお兄さんとは関係なさそうだよね。車の中で何か見たってわけでもないし、犯人がそれらしいことを言ってたわけでもないし」

「話せなかったことを話してくれたってだけで十分だよ」

「あ、でも……そういえばこれって本当に誰も、警察にも家族にも言ってないことなんだけど」

あずさちゃんが、記憶を探るように視線を斜め下に飛ばす。

「わたしを解放する時にね、犯人の男が『間違えた』って言っていた気がするの」

「間違えた？」

ずっと黙っていた司くんが急に声を上げた。

それに驚いたのか、あずさちゃんはやや身を引きながらも、「ええ」と戸惑いがちに頷く。

「たぶん、なんですけど。どういう意味かはいまだにわかりませんが」

「そうか……。いや、びっくりさせてごめんね」

司くんは、前のめりになっていた体を背もたれに付けた。

あずさちゃんが首を横に振る。

「いえ、すみません、わたしもまだ完全には他人への恐怖心が拭えていなくて」

「仕方ないよ、それだけ怖い思いをしたんだろう」

「ええ、そうですね……事件の直後は、もうわたしは二度と家から出られないんじゃないかって、わたしも家族も思っていたくらいでしたから」

あずさちゃんはもちろん、彼女の一家があの事件のあと、どれほどの思いをして生きてきたかをわたしは知らない。その壮絶さは、たとえ話を聞いたところで理解することはできないと思う。わたし自身もまた別の形で日常を失ったからこそ、あの辛さも苦労も、経験した当人たちしかわかり得ないものなのだと知ってしまっている。

「でも、ずっとそばにいてくれる人たちがいたので」

喪失は、時間などでは取り返せない。

埋めてくれる確かなものが必要だった。

「今は、大丈夫です」

あずさちゃんは、笑顔でそう答えた。


あずさちゃんを家まで送ってから、わたしと司くんはふたたび約三時間の電車の旅に出た。出発から目的地まで四つの県を渡る特急列車はほどよく空いていて、自由席の二人掛けの椅子に司くんと並んで座った。

しばらくは、司くんはじっと窓の外を見ていた。だからわたしはなんの変哲もない列車内の様子を眺めながら、駅で買ったお弁当をひとり黙々と食べていた。

そして食事を終え、少しうとうとしてきた頃。突然司くんが口を開いた。

「おまえ、ピアノ辞めてたんだな」

ちらっと隣を見ると、司くんは窓の外を眺めたままだった。外はもう暗く、景色は何も見えない。

「言ってなかったっけ」

「家に昔のままピアノが置いてあったから、続けてるもんだと思ってた」

「うん、まあ、あれもたまには弾いてるけどね。暇つぶし程度。もう習ってはいないよ」

「あれだけ好きだったのにか？」

「気持ちは変わるもんだからね」

「将来の夢が国語教師なのは、おまえじゃなくて、瑛だろうが」

電車が速度を落とし、駅に着く。あまり聞き慣れない駅名だ。わたしたちが降りる場所はまだ先だった。

「だから何？　お兄ちゃんが目指していたものと同じものを目指しちゃ駄目なわけ？」

「瑛の代わりにでもなるつもりかよ」

「何が言いたいの？」

窓越しに司くんと目が合う。司くんは小さくため息を吐いたあと、ゆるりとこちらに目を向けた。

「雁字搦《がんじがら》めにされてんのはおれだけだと思ってたけど、おまえも十分、囚《とら》われたままだな」

その意味を訊こうとしてやめたのは、訊かなくてもわかっていたからだ。

お兄ちゃんのいない日々に慣れようとして、普通に生活をして、なんでもないような顔をしながら、けれどたぶん本当は、誰よりも受け入れられずにいるのがわたしだった。

お兄ちゃんの代わりになろうだなんて思ったことはない。ただ、無意識にお兄ちゃんの存在を追い求めて、自分の中に引き入れてしまっているのかもしれない。馬鹿みたいだ。

そんなことをしたってなんの意味もないとわかっているくせに。

「なあ志、ひとつ気づいたことがあるんだが」

電車がふたたび出発して徐々に速度を上げていく中、司くんが言う。

「気づいたこと？　お兄ちゃんのことで？」

「いや、金子あずさだけが殺されずに解放された理由だ」

「え、わかったの？」

思わず大きな声を出してしまい、慌てて周囲を見回した。周りの乗客は誰もこちらを気にする素振りは見せていなかったけれど、身を縮めて声のボリュームを落とした。

「どういうこと？　理由って？」

「本人が言っていただろう。『間違えた』と言われたと。そのまんまだよ」

「そのまんまって……」

「たぶん、金子あずさは間違えられたんだ。本当のターゲットと」

車内アナウンスが響く。

男性の車掌が乗客へのお知らせを告げている間、わたしも司くんも黙って、お互いの目を見つめていた。

しばらくしてアナウンスが終わる。線路を走る音だけが常に聞こえ続ける。

「本当のターゲット、ってことは、犯人が狙っていたのは別の子だったってこと？」

訊ねると、司くんは頷いた。

「小出さんが言ってただろ。犯人の松田という男は、気に入ったターゲットの行動を把握して、計画的に犯行を行っていたって。恐らくは、犯罪者なりの美学だか矜持《きょうじ》だかがあったんだろうな。松田は、小さな女の子なら誰でもいいってわけじゃなく、自分で選んだたったひとりのみを狙っていたんだ」

司くんはそこでわたしから目を逸らした。じっと、前の席の背もたれを見ていた。

「金子あずさは、松田のターゲットじゃなかった」

「……なるほど、そうか。あずさちゃんは、犯人が車を降りてすぐに布を被せられたって言ってたから、相手もその時点ではあずさちゃんの顔をはっきりと見てなかったんだね」

「ああ。車が止まって被せられていた布が取られた時、松田もようやく違う子を連れて来てしまったことに気づいた。自分の顔も見られたからそのまま逃がすとまずい、なんてまともなことを考えるような、普通の人間じゃないんだろうな。ポリシーに反するってだけで、そのまま金子あずさを解放したんだ」

つまり、あずさちゃんは間違えて巻き込まれてしまっただけだった。本来なら被害に遭わずに済んだはずの彼女は、誰かの代わりに誘拐され、そして言い換えれば、殺されるはずだった誰かの命を救ったのだ。

もしも誘拐されたのが本当のターゲットだったとしたら、間違いなく、警察が犯人を突きとめる以前に殺されていた。犯人は、人通りのない山奥の空き地に車を止めた時点で、誘拐して来た子を殺すつもりだったのだろうから。

「でも、どうして犯人は間違えたのかな。行動をよく観察して把握してたって小出さんは言ってたよね」

　それはターゲットを間違いなく確実に連れ去るための行動だ。そこまでしていたにもかかわらず、犯人は最も重要な場面で最もしてはいけない間違いをした。

「まあ偶然、だろうな。偶然、いろんなことが重なったんだ」

　司くんはそして、少し間を置いてから続けた。

「本来なら別の道を帰るはずが、あの日、母親の迎えを待つ時間ができたことで、いつもは通らない道を歩いた。ピアノ教室の帰りに、教室の生徒たちで揃いのリュックサックを背負ってな。前日に髪を切っていたことも要因だろう。松田のターゲットと似た身長のうえに髪型も同じ、後ろ姿だけならそっくりになってしまった」

　司くんは淡々と続ける。司くんがこうして表情をひとつも作らずにいる時は、必死で強い感情を、押し殺している時だ。

「さらにもうひとつ。いつも月曜の同じ時間にピアノ教室の帰りにその道を通るはずの本当のターゲットが、その日に限り通らなかった。ターゲットはその日、ピアノ教室を休んでいたんだ。とある事情で」

　彫り物みたいに整えられた横顔は、決してわたしを見ない。

「……それって、まさか」

　司くんが並べた、あずさちゃんの誘拐時に起きた偶然。つまり、本来のターゲットの行動と特徴。

月曜にピアノ教室に通い、教室のリュックサックを持ち、本屋の前の道を帰り、髪は短く、そして当日、ピアノ教室を休んでいた。

わたしはそのすべてに、当てはまる人間を知っている。

「犯人の本当の狙いは……わたしだったの？」

あずさちゃんが誘拐された日は、お兄ちゃんがいなくなった日の翌日。わたしは騒動の中で、予定していたピアノのレッスンに行くことができなかった。それさえなければいつもどおりの時間に通い、そしてひとりで本屋の前の道を帰っていたはずだ。

「……」

司くんは答えなかった。

けれどその沈黙は、答えているのと同じだった。

肌がぶわりと粟立つ。

もしもあの日にいつもの日常を送っていたら、わたしは連れ去られ、そして、殺されていたかもしれないなんて。

「……そんな」

ぞっとして、思わず辺りを見回した。今そばに犯人がいるはずもないのに、急に空恐ろしくなり、膝に置いた鞄を抱きしめた。

呼吸がしづらい。

それでも。

わたしは本当の恐怖を体験してはいない。わたしは何も気づかないまま過ごしていた。狙われていたとはいえ、実際に被害に遭ったのは、わたしではない。

「じゃあ、あずさちゃんは、わたしの代わりにあんな怖い目に遭ったってことなの？」

彼女が経験した想像もできない恐怖も、壊されてしまった日常も。本当なら、わたしが受けるものだったかもしれないのだ。

「自分を責めるなよ。責められるべきは松田ただひとりだ。誰が被害に遭っていたとしても理不尽なことに変わりない。決しておまえが受けるべき被害だったわけじゃないんだ」

「でも、だって」

「彼女にも、言う必要はない。言ったところで余計に辛い思いをさせるだけだ。あの恐怖が誰かの代わりだったなんて今さら知りたくはないだろう」

「それは、そうだろうけど」

「他の誰も知らないんだ。それでいい。犯人だってとっくに捕まってるんだから、おまえはまあ、時々、今を生きていることに感謝でもしてみたらいいんじゃないか」

司くんの視線がふたたびわたしを見た。そして向けられた普段どおりの冷ややかな笑みに、なんだか一気に気が抜けた。

　張っていた肩の力を抜いて深呼吸をする。そうか、今ここにわたしがいて、隣には司くんがいる。それだけのことで、何をどうしたって事実は変わらないのだから。もう前を向くしかない。

　たとえ何かが変わるなら、また違ったかもしれないけれど。

「奇《く》しくも瑛がいなくなったおかげで助かったってことか。皮肉なもんだな」

　司くんが独り言ちるように言う。

「そうなるね。お兄ちゃんの失踪も、重なった偶然のひとつだよ」

「偶然だろうが、瑛がおまえを守ったってことにもなるのか」

「うん、かもしれない」

「まあもし、おまえが襲われていたとしたら、瑛ならきっとどんなことをしてでもおまえを守ろうとしただろうが」

「そうかなあ」

「決まってるだろ。だって瑛なら……」

　と、口にしたところで、なぜか司くんはぴたりと固まってしまった。

　わたしの顔をじっと見つめ、かと思えば目を逸らし、何やらひとりぶつぶつと呟きはじめる。

「……司くん？」

「いや、まさか、でも、だとしたら」

「大丈夫？」

「そうか、だから、ヨゴト様に」

なぜ急にヨゴト様の名前を？

疑問に思っていると、司くんは口に手を当てしばらく無言になってしまった。まったく付いていけないまま時間が過ぎ、電車はまた次の駅に停まり、出発する。

「……志」

電車が十分に速度を上げた頃、ようやく口を開いた司くんの顔は青ざめていた。気分が悪いわけではないらしい。目はしっかりと見開かれ、わたしを見ている。

「何？」

「今からおれは、馬鹿みたいなことを言うから。だからどうか、否定してくれ」

「否定しないでくれ、じゃなくて？」

「ああ。そんなわけないだろって笑ってくれればいい」

そんなわけのわからない前置きをして、司くんは話し出す。

「もし、おまえが、松田に殺されていたとして」

「何それ、やめてよ、勝手に殺さないで」

「だから、もしもの話だ。そうなったら、おまえを邪魔に思っていたおれでもさすがにショックを受けるだろう。おまえを可愛がっていた瑛なんてなおさらだ」

わたしは眉根を寄せながら首を傾げた。司くんの言いたいことが、まだわからない。

「志を守れなかったことを後悔して自分を責めるし、死んでしまったことを可哀そうに思う。自分が代わってやりたいとさえ思う。志を取り返せるなら、きっとなんだってする。そのためなら、自分の命を捨てたって構わない」

「司くん……何言ってるの」

「瑛は、そう考えたに違いない。でもすでに起きてしまったことはどうしようもない。どうにもならないんだ。志はもう死んだ。それでも諦めきれなくて、瑛は、周囲が面白おかしく話していたとある噂に縋《すが》った」

──ヨゴト様に。

どんな願いも叶えてくれると噂される古い祠に、妹を返してくれるよう願った。自分の命と引き換えに。

「そしてヨゴト様は本当に瑛の願いを叶えてしまった。志の死ぬ運命を変えたんだ。瑛の命と引き換えに」

司くんが何を言っているのか、さっぱり理解できなかった。

急にもしもの話なんてしたり、もしもの話を、まるで真実かのように話したり。

「ねえ、それってただの想像の話をしてるんだよね？」

訊くまでもないことだ。

けれど司くんはわたしの問いには答えない。

「ヨゴト様に願いを叶えてもらう条件が、身代わりが必要なのだとしたら、瑛が代わりに殺されなければならないはずだ。けれど瑛は誘拐事件の被害者にはなっていない。となると、身代わりが必要という考えが間違っていたってことか。必要なのは身代わりではなく、ヨゴト様に、対価を差し出すこと、だとしたら」

「司くん」

「あの日の瑛はもう、起こりうる未来を知っていたのか？　だから様子がおかしかったのか？　何かしらの方法で未来を知ったか……それともあの時の瑛はすでにヨゴト様のものであって、なんらかの形で事の起こってしまった未来から来ていたのか。わからないが、おれたちと別れたあとでヨゴト様のもとへ行ったのは間違いない。あのメモはきっと、瑛からの最後のメッセージだったんだ。瑛はヨゴト様に、命を差し出した。そしておまえの死ぬ運命を変えた」

「司くん！」

周囲への迷惑を考えずに声を上げた。司くんははっとした様子で、ずっと見ていたはずのわたしの顔をようやくまともにその目に映した。

「司くん、しっかりしてよ」

「……志、おれは、変なことを言っていたか？」

「ありえない話をしてたよ。あるわけないよ、そんなこと」

「本当にそう思うか」

「当たり前だって。ヨゴト様が本当に願いを叶えたとか、命を差し出しただとか、オカルトすぎて意味わかんない。馬鹿々しいよ」

ヨゴト様の逸話はただの都市伝説。そんなものを信じて失踪の原因にしようだなんて、現実逃避もいいところだ。

わたしが誘拐犯の本当の狙いだったことは納得できる。お兄ちゃんがヨゴト様の近くで忽然《こつぜん》と消えたのも事実。その翌日に誘拐事件が起きたことも、お兄ちゃんがヨゴト様に不自然にメッセージを残していたことも本当だ。けれど。

「信じられるわけないじゃん、そんな話」

非現実的なことを言われて、簡単に受け入れられるはずがない。

一体どう信じろと？　説明のつかない摩訶《まか》不思議な、神様の起こした奇跡とも言える出来事が、お兄ちゃんの身に……そしてわたしの身に、起こったたって？

『ユキ』

ヨゴト様のそばで聞こえたあの声が、お兄ちゃんのものだとしたらもう少し信じたかもしれないけれど。

あれは間違いなく、お兄ちゃんの声ではなかった。

「それにだよ。そもそもわたしが死んだところで、お兄ちゃんは自分の命を捨ててまでわたしを救おうとなんてするのかな」

司くんの話の大前提はヨゴト様の真偽ではない。お兄ちゃんの感情と行動だ。お兄ちゃんが自分よりもわたしを優先しない限り、司くんの言うようなことは起こらない。

「兄妹って言っても、わたしたち、血なんて繋がっちゃいないのに。本当の兄妹ならともかく、たった数年家族をやっただけの、もとは赤の他人なんだよ、わたしたちは」

あの時お兄ちゃんはまだ中一だった。わたしは自分を今でも子どもだと思っているのに、それよりももっと幼かったんだ。命を懸ける決意なんて、できるものじゃない。

「だから、ありえないよ。あるはずない。ほら、否定してあげたよ、司くんの話」

「志、おまえ……」

司くんの顔が歪む。いつもは感情を隠すくせに今は繕《つくろ》いきれないでいる。ただ、色んな感情が浮かびすぎて、どんな思いでいるのかまでは測れない。

「おまえは本気でそんなこと思ってんのかよ。赤の他人だなんて」

「……だって本当のことじゃん」

「ふざけんなよ！　血の繋りや一緒にいた時間で、思いの強さが決まるはずないっておまえだってわかってるはずだろ！」

「……」

「おまえは……」

吐き出された声は掠れている。小さいのに、叫んでいるみたいに聞こえる。

「おまえは、自分が瑛にとってどんな存在だったか、知らないんだ」

司くんはそして、わたしに話して聞かせた。

お兄ちゃんの本当の父親は自由人で、悪い人じゃなかったけれど、家庭をまったく顧みなかったこと。その分お母さんは働きながら家のこともして、離婚してからは、自分が息子をしっかり育てなければと思ったのだろう、それまで以上に仕事に打ち込むようになったこと。お兄ちゃんはそんなお母さんを尊敬しながらも、父親のいない、そして母親も多くの時間を空けていた家に、たくさんの寂しさを溜めていたこと。

昔からわがままは言わない奴だけど、たまにぽつりと自分の思いを話してくれることがあったと、司くんは言った。

「瑛はひとりぼっちだったんだ。母親は自分を愛してくれているし、友達もたくさんいたけど、それだけじゃ埋められないものがあった。けど、ある日、ぽっかり空いた心の穴が一瞬で全部塞がったんだ。瑛に、妹ができた日だった」

その日はわたしにお兄ちゃんができた日でもある。よく覚えている。緊張して、上擦った声でお兄ちゃんを呼んだ。その声に笑って答えてくれた人のことを、一瞬で好きになった。

「あの日のあとで、瑛がどんな顔でおれに妹のことを話してくれたか、おまえは知らないだろう。あんな顔は一度だって見たことがなかったよ。瑛はひとりでは広すぎる家で、もうひとりで過ごすことはなくなったんだ。寂しい思いなんてする暇もなくなった。陽だまりみたいに笑いながら後ろを付いてくる妹のおかげで、あいつの日々のすべてが変わったんだ」

思い出さなくても浮かんでくる。いつだってわたしに向けてくれた優しい表情、声、ぬくもり。全部が好きだった。

小さかったわたしは自分の感情を思いのままにぶつけるばかりで、相手から受ける愛情にどんな思いが込められているのかなんて、考えたこともなかった。

「なあ志。瑛がどんな思いでおまえを愛していたか、わからないのか。おまえの存在が瑛に何を与えたか。血の繋がりもないはずのおまえが、血なんてもんよりずっと色濃い繋がりを瑛に結んであげていたことを。おまえだけが知らないんだ。おまえは、瑛にとっての太陽なんだって。いつでも大きくそばにあって、心をあったためてくれる」

わたしにとってお兄ちゃんが、優しい光であったように。

お兄ちゃんにとって、わたしは――。

「自分の命なんて惜しくないほど、大切な宝物だったに決まってるだろ！」

司くんはくちびるを噛み、わたしから視線を逸らした。

俯いた先で両の手のひらを強く握り締めている。

「……瑛っ」

司くんの下まぶたに溜まる涙は、決して零れることはなかったけれど。

掠れた声で呼んだ名前に、堪えきれなかった思いのすべてが込められているようだった。

「……」

お兄ちゃん。

あの日わたしを置いていったお兄ちゃんに、腹を立てて、悔しくて、悲しんで、今になって必死に追いかけようとしているけれど。もしもこれが真実なら、わたしは立ち止まったままのほうがよかったのかもしれないね。

ねえ、本当にわたしのせいだったの？

だからわたしと司くんを置いてひとりで行ったの？

お兄ちゃんは、わたしのためにいなくなったの？

せめて、答えてくれたらいいのに。

瑛

ぼくだけが泣いていなかった。

嗚咽《おえつ》が聞こえ、どの頭も俯き、握り締めた拳の上に涙をいくつも落とす中、ぼくは、たくさんの鮮やかな花に囲まれ笑う写真をただ見ていた。

可愛らしい笑顔だ。あれは、いつの写真だっけ。夏休みにどこかへ遊びに行った時だったはずだけれど。そうだ、家族で水族館に行った時のものだ。怖い顔をした外国の魚や長い脚のカニを見たあと、人気のアシカショーを見学した。楽しい日だった。

ああ、そういえば、青見祭りの日の写真もプリントしないといけない。ふたりで撮った写真がカメラの中に入っているはずだ。あの日もとても良い日だったな。志とぼくとで浴衣を着て、司がひとり仲間はずれなのを拗《す》ねていた。それでも、また次があるからと言ったら、次こそは、と約束してくれた。

三人で見た山車には興奮したな。花火も綺麗だった。

ついこの間のことなのに、随分昔の出来事みたいだ。

——隣から大きな音がした。

母さんが椅子から崩れ落ち、それを父さんが支えていた。母さんは、お経も聞こえなくなるほど泣き叫んでいて、必死でその肩を抱く父さんの肩もずっと震えていた。

ぼくは、椅子に深く座ったまま身動きが取れなかった。手も足も、ちゃんと動くはずだけれど、動かす気にもならなかった。

時間は進んでいく。

いつも強《したた》かで明るい母さんが泣くところなんて見たことがなかった。それも、こんなふうに、喉が引き千切れるんじゃないかと思うくらい泣くことがあるなんて、思いもしなかった。

一体どんな苦しい思いをしたらこんなふうになるのだろう。

ふと見回してみたら、黒い服を着た人たちがたくさん並んで座っていた。その中から順に数人が立ち上がり、前のほうで何かをして、また席に戻る。気味の悪い列だった。その列の向かう先、みんなの座る正面には志がいた。

大きな額縁の中で満面で笑っていた。みんなが泣いているのに——ぼく以外のみんなが泣いているのに、志は、どうしてみんなそんな顔をしているのとでも言いたげに、少しの憂いもない顔をしていた。

場違いに、笑っていた。

吐き気がして慌てて席を立つ。トイレの場所を咄嗟に思い出せなかったから、外へ出て、駐車場の隅で胃の中身を吐き戻した。

吐いても吐き気はなくならなくて、出せるものをすべて出した。けれど、思い返してみればここ数日ろくにものを食べていない。吐き出せるものはほとんどなく、あっという間に胃液すら出て来なくなった。

酸っぱい唾液を飲み込んで、何度も荒い呼吸をした。外は真っ暗で、初めて、今が夜なんだと気づいた。

今、何が起きているんだろう。さっぱりわからなかった。

「瑛！」

声がしても振り返ることはできなかった。けれどその声はぼくのそばまで来ると、地面に膝をつき、ぼくの肩を強く抱きしめてくれた。

「瑛」

「……司」

ぼくを覗き込んだ司は、それはもうひどい顔をしていた。白くやつれて、目は真っ赤に腫れている。男前が台無しだ。

「司、なんて顔してるんだよ。それに、制服も」

「……」

「こんなきっちり着てるの、おまえには似合わないよ」

司の詰襟のホックを外してやる。司はぼくを見ながらくちびるを震わせて、やがてぼろぼろと両目から涙を落とした。

「司。なんで泣くんだ」

「馬鹿野郎、泣くに決まってるだろ」

「泣かないでよ、司、いいこだから」

「じゃあおれが泣きやめば、おまえが代わりに泣いてくれるのか」

濡れた瞳がぼくを見ている。見開いた目からまたぽつりと涙が落ちたけれど、司は瞬きひとつしないでぼくを見ていた。

その目に映るぼくは、一体どんな顔をしているのだろう。

「泣けよ、瑛。お願いだから泣いてくれ」

苦しいくらいに司はぼくを抱きしめた。司の肩越しに見える葬儀場からは、今も線香の匂いと、みんなのむせび泣く声が漏れている。

何があったんだっけ。今何してたんだっけ。

父さんが泣いて、母さんも泣いて、司まで涙を流して。

どうしてみんな、こんなに悲しんでいるんだっけ。

「志」

ふいに零れた名前に、あたたかさと、恐ろしい寒さとが込み上げた。

「……志」

そうだ。思い出した。

だからみんな泣いているんだ。

ああ、そうだ。そうだ。

「志、ゆき。司、志が」

「瑛っ」

「ぼくの志が……！」

――志が、死んだんだった。

◇

青見祭りの翌日。週の初めの月曜日は、ぼくも志もいつもどおり学校に出かけた。前日に遅くまで遊んだため志は少し寝坊したけれど、疲れは残っていないようで、「いってきます」と元気よく挨拶をし家を出た。

その日も司が家の前で待っていてくれたので、朝から志と司の言い合いを眺めつつ、志を集合場所まで送り届け、ぼくは司と学校へ向かった。

いつもと変わらない普通の日だった。司とこうしてふたりで登校できるのもあと少しなのかと寂しく思いながら、普段どおりの学校生活を過ごした。

授業を終え帰宅した時間に、志は家にいなかった。下校してすぐにピアノ教室へ行ったことは、毎週のことだから誰に聞かなくても知っていた。

家には仕事が休みの母さんがいた。母さんは志がピアノから帰ってきたらすぐに夕飯にできるよう、支度をはじめたところだった。

ぼくは、夕飯の時間まで自分の部屋で宿題をしていた。ピアノ教室が十八時までだから、夕飯は大体十八時半くらいになるだろう。机の上に置いた時計を確認しながら、ぼくは黙々とノートに向かっていた。

母さんが二階に上がって来たのは、十八時四十分を過ぎた頃だった。少し遅かったな、志はいつの間に帰って来ていたんだろう。そう考えながらぼくはノートを閉じた。

しかし、母さんは夕飯のためにぼくを呼びに来たわけではなかった。ぼくの部屋に入って来た母さんは、やけに硬い表情で、志がまだ帰ってないの、と言った。

「まだ？　もう四十分だよ」

「そうなの。いつもならとっくに帰ってる時間なんだけど……」

「もしかしたらレッスンが長引いてるのかも。一度教室に連絡してみたら？」

「そうする」

頷いて、母さんはばたばたと一階へ下りていった。ぼくも机のライトを消し、母さんのあとを追った。

母さんは志の通うピアノ教室に連絡を入れていた。ぼくには相手の声は聞こえていなかったけれど、受話器越しに話す母さんの表情を見て、胸騒ぎをおぼえた。

嫌な予感がする。何か、とても悪いことが起きているような。

受話器を置いた母さんは、青白い顔で振り向いた。

「志、いつもの時間に教室を出たって」

ぼくは時計を見た。時間は十八時四十五分になろうとしている。志が本当にいつもと同じ時間にレッスンを終え教室を出たなら、遅くても十五分には家に着いているはずだ。

「ぼく、ちょっと辺りを捜してくる」

「母さんも行くわ」

「志が帰って来たらいけないから、母さんは家にいて。父さんには、一応連絡を入れておいたほうがいいかも」

「わ、わかった」

登校用のスニーカーを履き、薄暗い外に飛び出した。ピアノ教室への道のりをなぞりながら志を捜して歩く。けれど、見つからない。

　ぼくは携帯電話をポケットから取り出して、司に電話を掛けた。三回目のコールで、司は電話に出た。

『どうした？』

「司？　ぼくだけど、今大丈夫？」

『ああ、平気だよ。なんかあったのか？』

「志が、ピアノ教室から帰って来ないんだ。いつもの帰宅時間をもう三十分以上も過ぎてるんだけど」

『は？　まじかよ』

「司に連絡なんて、行ってないよね」

　あるわけないとわかっていた。それでも、ほんの少しでも可能性があれば縋らずにはいられなかった。

『いや。おれのところにはない』

「……そうだよね。ごめん、ありがとう」

『瑛、おまえ今どこにいる？』

　訊かれて、ぼくは今の居場所を伝えた。もうピアノ教室のすぐ近くまで来ていた。

『おれも捜す。すぐに行くから待ってろ』

「悪いよ。もう遅いし」

『おれに遠慮なんてしてる場合かよ。さっさと見つけてやらねえと、あいつだってどこかで泣いてるかもしれねえだろうが』

司に言われ、ぼくは電話越しなのに頷いた。しばらくして、司は自転車でやって来た。待っている間に母さんに連絡を入れたら、まだ家には戻っていないと言っていた。

「志は？」

ぼくを見つけた司は、いの一番にそう訊いた。

「まだ見つからないし、帰ってもいない」

「そうか。下手に大事にしちゃ駄目だと思ったけど、一応うちの親にだけは話したんだ。たぶん、うちの母さんから、瑛のおばさんに連絡を入れてると思う。必要なら、うちの親も一緒に捜すって」

「ありがとう。助かる」

ぼくらは手分けして志を捜した。司の両親も一緒になって捜してくれて、早めに帰宅した父さんも同じく近所を走り回った。それでも志は見つかることなく、二十時になる頃に警察へと連絡した。

その後、警察が何十人という捜査員を導入し、志を捜してくれた。

けれど結局、志は三日間、見つかることはなかった。

志がいなくなってから三日後の、十月一日。

その日の朝に、志が見つかったと連絡が入った。

志は、家から百キロほど離れた県境の国道に打ち捨てられていた。すでに変わり果てた姿であり、警察署に連れて来られた志に、ぼくは会わせてはもらえなかった。

志が、死んだ。

誰かに殺された。

嘘みたいな話だ。だってどうしてぼくの大切な妹が理不尽に命を奪われなければいけない？

これは夢のはずだ。なんてひどい悪夢だ。早く目覚めなければ。

悪夢でも、夢なら必ず覚める。目を閉じて、開ければ、両親が笑い、志がぼくを呼んで駆けて来る、いつもの日常が戻って来る。

けれど、どれだけ経っても目の前の景色は変わらなかった。父さんと母さんは際限なく泣き続けていて、四角い箱に入れられた志は、にこりともせず、ぼくのことを呼ぶこともない。

事件と断定されたことでぼくの家にはマスコミが押し寄せた。おかげで学校に行けなくなったけれど、学校なんて行く気にもなれなかったからちょうど良かった。

志が見つかってちょうど一週間後、犯人が逮捕された。

ぼくら一家にはなんの関わりもなかった見知らぬ男だった。男は、事件の数日前から志に目を付け、志の行動を観察し、志がひと気のないところでひとりになる機会を窺っていたらしい。そして、ピアノ教室を終え帰るところだった志を連れ去り、殺害したのだ。

男は過去に、それぞれ別の地域で似たような事件を起こしていたらしい。連続女児誘拐殺人事件。この事件は大いに世間で騒がれ、志の名前も顔写真も、連日ニュースで流れ続けた。

ただ、ぼくも両親もしばらくはテレビなんて見なかったから、自分たちのこと、志のことがどのように世間に流れていたのかは知らない。うるさく騒ぎ立てる周囲が邪魔で仕方なかった。けれど蹴散らす気力はなかった。ただただ、過ぎていく時間の中、ぼくは呼吸をしていた。

その数日後に、司がアメリカへ旅立った。

司は最後までぼくのことを心配してくれていた。自分も志のことで悲しみに暮れていたはずなのに、ぼくのことを気に掛け、こんな状態でアメリカになんて行けない、とまで言い出すから、ぼくは「大丈夫だ」と電話口の向こうの司に伝えた。見送りには行けなくてごめん、手紙を書くから、と。

本当は大丈夫じゃなかったけれど。せめて司にはそばにいてほしかったけれど。そんなことは言えるはずがない。司を困らせるだけだ。だから必死に飲み込んで、司にさよならを言った。

志がいなくなった。司も遠くへ行ってしまった。

しばらくの間どんなふうに過ごしていたかをよく覚えていない。ぼくは毎日、一日中、何をするでもなく勉強机に座っていた。ぼくと同じくらいの苦しさを抱えていただろう両親は、様々な対応に追われ悲しみに暮れることもできずにいたはずだ。ぼくばかり申し訳ないと思いながらも、どうしても、何をすることもできなかった。

すっかり心が止まってしまっていた。

世界から色も音も消えてしまったみたいだ。志のいた日々はあれほど色鮮やかで、あたたかくて、幸せに溢れていたのに。今は何ひとつここにはなかった。すべてが奪われてしまった。

ぼくの宝物。

何より大切なぼくの妹。

志。

呼んでも、返事はもう貰えない。あの笑顔も見られない。わがままを言って泣き叫ぶ声や、悪戯がばれて苦笑いした表情、怖い夢を見たと甘えてくる仕草、司との喧嘩も。そして、志のかけがえのない未来のすべてが。もう二度と、返っては来ない。

どんなに悲しかっただろう。どれほど怖くて苦しかっただろう。志はぼくを呼んだだろうか。助けてって叫んだだろうか。その声に早く気づいてあげられればよかった。すぐに走って助けに行って、この腕に抱えてあげればよかった。

志。志。

本当にごめん。

ぼくはおまえを一生大切にすると決めていたのに。守れなかった。おまえが一番に苦しい時にそばにいてやれなかった。

ごめんね、志。

ああ、今からでも、おまえと代わってやれたらいいのに。


三人もの小学生を誘拐し殺害した残虐非道な犯人に、世間は一様に死刑を求めた。両親も同じく死刑を望み、判決が下るその日まで戦い続けるつもりだと言っていた。

ぼくは、正直どうでもよかった。

犯人が死刑になろうが、ただの懲役刑になろうが、無罪になろうが、どうでもいい。何をしようと志は戻って来ないのだ。死刑になることで志がこの手に戻って来るというのなら、ぼくは今すぐあの男を殺しに行くだろう。なんだってする。それこそこの命をくれてやったっていい。

たったそれだけで志の笑顔が、未来が、幸せが戻って来るのなら、ぼくは、すべてを差し出そう。

でも、志は、帰って来ない。

何をしようと、志は二度と帰らない。

どれだけ辛いことがあっても、いつまでも自分の日々を止めるわけにはいかない。ほどなくしてぼくは登校を再開した。ぼくの事情を知らない人はいないはずだけれど、クラスメイトたちの態度は以前と変わらなかった。たぶん、事前にそう決めていたのだろう。下手に同情せずに、はれ物に触るようなこともせずに、これまでと同じように接しようと。

その思いはありがたかった。優しい人たちがそばにいてくれて良かったと思った。だからぼくもなんでもないように振る舞った。気落ちしていたらみんなに心配と迷惑を掛けるだろう。ぼくもぼくで、以前と変わらない自分の日々を送った。友達とくだらないお喋りをして、笑って、悩んで、また笑って。

司への手紙を何通も書いた。そのたびに司は返事をくれた。司からの手紙を読んだ時だけ泣けた。他では決して泣かなかった。

そんなふうに、ぼくは一年を過ごした。

中学二年になり、一学期を過ごし、夏休みを終わらせた。

季節は晩夏。九月になっていた。

休み時間、教室でひとりぼうっと窓の外を見ていた。空は青く晴れ、遠くに薄い雲がいくつか浮かんでいた。

ふと、近くの女子の話し声が聞こえて来た。女子たちは、最近聞かなくなったある噂話を話題にしているようだった。

「ねえ、ヨゴト様の話って知ってる？」

地元民ばかりのこの学校で、知らない人間はほぼいないだろう。案の定、相手の女子は頷いた。

「もちろん。なんでも願いを叶えてくれるってやつでしょ。でも、それやったことあるけど、なんも起きなかったよ」

「思いの強さが足りなかったんじゃない？　強く願わないと駄目らしいし。でもさ、何も起きなくてよかったと思うよ」

「どういうこと？」

ふたりは、ぼくが聞き耳を立てているとは思っていないだろう。素振りはいかにも内緒話をしているふうだったけれど、声のボリュームは抑えられてはいなかった。

「ヨゴト様に願いを叶えて貰うにはね、願いと同等のものを支払わないといけないんだって」

それは、聞いたことのない話だった。向かいに座る女子も同様らしい。

「支払う？　お金払わなきゃいけないってこと？」

「違う違う。たとえば、あんたが『失くした消しゴムを見つけてほしい』って願うとするでしょ。そしたら、失くした消しゴムは見つかるんだけど、他の消しゴムを失くしちゃうって話」

「何それ。じゃあ、願いを叶えて貰う意味ないじゃん」

「そうでもないよ。支払うものは、自分のものじゃなくてもいいの。あんたが『消しゴム見つけて』って願った時、『代わりに学年主任の消しゴムを消して』って言えば、無事に自分の願いは叶えられるってわけよ」

「うわ、何それ、こわ。身代わりになるってこと？」

女子たちは、その後も面白半分にくすくす笑いながら何かを話していた。

けれどぼくはそれらの話は一切耳に入らなかった。

ヨゴト様の噂を、信じていたわけではない。むしろありえないと思っていた。オカルト話は根拠のないものばかりであって、作り物として聞く分には面白いけれど、それを真実とするにはさすがに無理がある。

そう思っていたのだけれど。

「そうそう。あとね、ヨゴト様って、たくさんの人の思いと神様の気が町に満ちる、青見祭りの日が、一番思いを聞き届けてくれやすいらしいよ」


母さんと父さんには、友達と山車を見に行くと言って出て来た。不自然にならずに会話できただろうか。愛していると、言いたかったけれど、そんなことを言ってしまえばきっと出掛けるのを止められただろうから、心の中だけで伝えておいた。

今日は九月二十六日。志が死んで一年経つまで、あと二日。

町は去年と同じく朝から活気に溢れていた。色鮮やかな浴衣を着た人たちが道を歩き、絢爛豪華な山車を曳行する。青見神社を出発した山車は、やがてあかりを灯し、ふたたび戻って来る。本通りは、その勇ましく荘厳な山車の行列を一目見ようと、多くの人でごった返している。

ぼくは、その人の波を掻き分け、ひとり本通りの脇道へと入った。その道は、本通りと平行して走る裏通りへと続いている。

今はちょうど最後の山車が入って来るくらいの時間だろう。誰もが山車の見学に夢中だからか、裏通りにはまったく人がいなかった。石畳に等間隔に並んだ竹灯籠だけがぼうっと揺らめき、まるで異界に迷い込んだかのような気分になる。

だが、ひと気がないのは好都合だ。確か、誰にも見られないようにしないといけないという話を聞いたことがある。

ぼくは裏通りを進み、真っ直ぐな道の突き当たりを目指した。そこは、民家の塀と商家の壁に挟まれた場所。まるで隠されるように、ひとつの古い祠が建っている。

「ヨゴト様」

生温い風の吹く、静かな通りの隅。

祭りの喧騒が遠くから聞こえる夜。

「ヨゴト様、本当にいらっしゃるのなら、どうかぼくの声に応えてください。お願いします」

語り掛けた声は不思議とどこにも響かなかった。古い祠の中へ吸い込まれていくようだった。

「お願いです。ぼくの妹を救ってください。妹を取り返してほしいんです」

返事はない。

それでもぼくは、乞うのをやめなかった。

「ぼくの妹は、志は、一年前に死にました。殺されました。ぼくは、志の命を、未来を、幸福を、取り返したいんです。そのためならなんでもします。お願いします、ヨゴト様。お願いします。お願いします」

笛の音。太鼓の音。祭囃子《ばやし》が響き渡る。

辺りがあれだけ賑やかだから、この場の寂しさが余計に際立った。

ひとり、ヨゴト様と向き合っていた。

すぐそばの竹灯籠が大きく揺らめいた気がした。

振り返ると、着物姿の小さな子どもが立っていた。

「……」

志と同じくらいの年の頃に見える。浅葱《あさぎ》色の着物を着たその子どもは、じっと、光のない瞳でぼくを見上げていた。

まるで、量産された人形のような子どもだった。形はあっても、心は見えない。その顔も、見つめていてもなぜか特徴ひとつ見つけられない。それどころか、男の子か女の子かもわからない。ただ目があり、鼻があり、耳があり、口がある。それだけの外見だった。

『アキラ』

その子どもは、ぼくの名前を口にした。

知り合いではないし、名乗ってもいないのに、ぼくの名前を呼んだのだ。

ぼくは、そこでようやく気づいた。

ああ、このひとが――。

「ヨゴト様、ですね」

まさかこのような姿をしているとは思わなかった。古い祠に長年住まう、様々な言い伝えを持つようなものが、ぼくよりも小さな子どもの見目をしていたなんて。

『アキラ。おまえの強い願いが聞こえた。心底からの、願いが』

ヨゴト様は、外見どおりの幼い声でそう言った。声そのものは幼いが、喋り方には欠片《かけら》も子どもらしさは滲んでいなかった。

『妹の命を救いたいと、おまえは言ったな』

「ええ、そうです。できますか？　妹はすでにこの世にいません。それでも取り返すことはあなたにできますか？」

『できる。死する運命を変えればいいだけだ』

あまりにあっさりとヨゴト様は答えた。ぼくは全身の力が抜けて、膝から崩れ落ちてしまいそうになった。

そうか。できるのか。

志を、救うことができるのか。

たとえヨゴト様がぼくの声に応えてくれたとしても、すでにこの世にないものをよみがえらせることはできないかもしれないと考えていた。これから起こることならなんとでもなるだろう。しかし志はすでに一年も前に死んでいるのだ。それをどうにかするなんて、人知を超えた力でもあってもできないのではないかと思っていた。

けれど。

「できるのなら、お願いです。あなたの力で志を救ってください。お願いします」

これで何も憂えることはない。

志を取り戻すことができる。

『だが、妹をもとの運命より生き永らえさせるためには、同等のものを貰わねばならん。命には、魂を。アキラよ、妹の代わりに、おまえは誰の魂を差し出す』

ヨゴト様に問われる。

いつの間にか、笛の音も太鼓の音も祭囃子も人の声も、何も聞こえなくなっていた。

「ぼくの命を。志の代わりに、ぼくが死ぬようにしてください」

ここに来る前から決めていたことだった。

ヨゴト様の話を聞く前から、ぼくは志を取り戻すためなら自分の命を捨てたって構わないと思っていたのだから。

志が死んだ時の周囲の様子を知っている。ぼくが死んでも同じように、ひどくみんなを悲しませてしまうだろう。母さんも父さんも、司も、志も。そうとわかっていても、やめようとは思えなかった。

ぼくの願う志の幸せには代えられない。

『アキラ、おまえは思い違いをしている。我は身代わりを求めているのではない』

ヨゴト様がわずかに目を細める。

「どういうことですか？」

『妹の命を救ったとして、妹の立場におまえが成り代わる必要はない。病を治すなら健康を、人を呪うのなら別の不幸を、命を救うなら魂を、希《こいねが》うものと同じものを我に寄こせと言っている』

「それは、つまり、ぼくの魂を……ぼくを、あなたに差し出せばいいんですか」

なるほど。ぼくは、志が死なないようにするためには、代わりに別の誰かが志の死ぬはずだった場所で死ななければならないのだと思っていたけれど。

必要なのは身代わりではなく、神への生贄《いけにえ》だったのか。

つまり。

「ぼくがあなたのものになれば、志は死なずに済むんですね」

ぼくが言えば、ヨゴト様はそこで初めて、薄いくちびるの両端を持ち上げた。

『そうだ』

空気が急激に冷えた。

薄暗かった空は濃い夜へと変わっていた。

晴天だったはずなのに、星はひとつもない。

「わかりました。ヨゴト様。ぼくはぼくをあなたに差し出しましょう。永遠にあなたのものになりましょう。だからどうか、志の命を救ってください。あの子が、この先の長い未来を歩けるようにしてください。その手で幸せを掴めるように。お願いします」

背筋には寒さを感じていた。肌は全身粟立っていて、握りしめた両方の拳は、開けばきっと指先がぶるぶる震え出してしまうはずだ。

恐れは、確かにあった。

けれど、逃げ出そうとは微塵《みじん》も思わなかった。

これは希望だ。

志の未来が続くという、ぼくのとても大きな希望。

『いいだろう。アキラ、おまえの願いを聞こう』

ヨゴト様がぼくへ近づいてくる。ぼくは、背の低いヨゴト様に合わせ、片膝を地面へと突いた。

ぼくの目の前にやって来たヨゴト様は、ぼくの両頬を小さな手で包み込み、丸い額をそっと近づける。

『可愛い子よ。優しい子よ。清流のような心を持つ子よ。我はおまえのような子が一等好きだ。アキラ、ほんの少しだけ時間をくれてやろう。己の身よりも愛しい妹に、最後の言葉を掛けておいで』

柔らかな声だった。

そしてぼくは、すべてを委ね、ゆらりとさすらう流れに乗った。

◇

気づくと自分の部屋にいた。

勉強机に座っていた。

机の上には自習ノートと数学の問題集が開かれていて、片隅には、司のお別れ会で撮った写真が写真立てに入れて飾られている。

夢でも見ていたのだろうか。

いや、むしろ、今この時こそが夢であるのかもしれない。

見慣れたはずの自分の部屋に、妙な違和感を覚えた。

開かれている問題集の内容はなぜかとっくの前に学んだものばかりだ。表紙を見るとやはり、中学一年生用のものだった。壁に掛けてあるカレンダーも九月ではあるけれど、そこに記された西暦は、二〇一〇年ではなく、一年前の二〇〇九年。

「……まさか」

ヨゴト様はぼくに、妹に最後の言葉を掛けてこいと言った。

それならここは、まだ志が生きている、一年前ということだろうか。

信じ難いけれど、ぼくは確かにヨゴト様と出会った。摩訶不思議な存在を目にしたあととなっては、一年前に戻るという現象だってありえないと切り捨てることはできない。

しばらくの間、ぼうっと部屋の中を眺めていたけれど、今日が何日であるか確認しておかなければと気づき、そばにあった携帯電話に手を伸ばした。

その時。

「お兄ちゃん！」

一階から階段を上がって来る足音がする。そして、開けっ放しのドアの向こうから華やかな姿が現れた。

「どう？　可愛い？」

朝顔柄の浴衣を着て、髪に花の飾りを着けた志が、ぼくの部屋に飛び込んで来るなりくるりと一回転しポーズを取った。

「……」

志。

志が、ぼくの目の前にいる。

写真の中の姿でも、思い出の光景でもなく。今、確かにここに、生きている志がいる。

「……志」

胸が張り裂けそうだった。苦しくて、でもそれ以上に、嬉しくてたまらなかった。

会いたかった。もう一度、ぼくに笑顔を見せてほしかった。

志。ぼくの妹。

今すぐこの手できつく抱きしめてやりたい。

「お兄ちゃん？」

志が首を傾げる。

ぼくは、駆け寄りたい衝動を堪えながら、できるだけ平静な振りをした。

「うん。すごく似合ってるよ。お姫様みたいだね」

「えへへ」

照れ臭そうに笑う志の後ろから、また別の足音が慌ただしく近づいてくる。

「志！　せっかく着たのに崩れちゃうから、どたばた走り回っちゃ駄目だって」

額に汗を掻いた母さんが志を捕まえる。

「瑛、あんたも着付けなきゃいけないから、そろそろ下りてきなさいよ」

「うん。問題集があと少しでキリがいいところだから、これを終わらせたら行くよ」

じゃあ準備しておくね、と言い、母さんと志は部屋を出ていった。

ばたん、とドアが閉まったその瞬間、堪えていた涙が一気に溢れた。

ぼくは机に突っ伏して、声を押し殺して泣いた。

今日は青見祭りの日。事件の起こる前日。明日には、志は殺されてしまう。殺されてしまったのだ。どうしようもなく理不尽に未来を奪われた。可哀そうな志。

今はまだ生きている、ぼくの大切な妹。

「……」

顔を上げたぼくは、涙を拭い、引き出しから日記帳を取り出した。そして今日のページに、ぼくが今ここに至るまでの経緯をすべて書き記した。

この日記は恐らく誰にも見られることはない。だから誰かに向けて残したわけではなく、ただ自分のためだけに記録しておきたかった。アウトプットすることで心を整理し、自分の身に起きたこと、そしてこれから起こることを、冷静に受け止めることができるから。

書き終えた日記帳はいつもの引き出しに戻しておいた。念のため鏡を見たら目が少しだけ赤く腫れていたから、冷たい水で顔を洗ってからリビングへ向かった。


「うわ、瑛も浴衣着てんのかよ」

約束の時間に司がうちにやって来た。司に会うのは一年振りだったけれど、懐かしいとはちっとも感じなかった。

「言えよ。そしたらおれも浴衣着てきたってのに」

「ごめんね。この間、志がどうしてもぼくにも浴衣を着てほしいって駄々を捏ねて」

確かこの時、次は一緒に浴衣を着ようと約束したはずだ。長い間アメリカへ行ってしまうことになる司と、また変わらずに青見祭りへ行けるように、次の約束をした。

「ごめんね、司」

けれど今のぼくにその約束はできない。ただ謝ることしかできなかった。

ごめん司。ずっとぼくを心配してくれていたおまえには、感謝しかないのに。その感謝を返せなくて本当にごめん。おまえも誰より幸せになってほしい。

「瑛？」

司が眉を寄せ覗き込んだ。続けて何かを言おうとしたようだったけれど、志の声に遮られる。

「ねえ、早く行こうよ！」

待ちきれないといった様子で、志はぼくの袖を引っ張った。見送る母さんに手を振り、ぼくは志のあとを付いていく。後ろで司の大きなため息が聞こえていた。

それからぼくらは、屋台で買い食いをしながら山車が通るのを見学し、夕方になって本通りへと移動した。一年前に経験したのとまったく同じ流れだった。司も志もはしゃいでいて、ぼくもふたりと同じように声を上げて笑った。

本来ならふたりとも、今のぼくのそばにはいない。夢みたいだった。またこんな時間を過ごせるだなんて、思いもしなかった。

本通りはすでに多くの人で埋め尽くされている。まだ山車が戻って来るまでにはしばらく時間があるけれど、すれ違う人たちは徐々に練り歩くのをやめ、道の端に陣取りはじめていた。

「瑛、どうする？　おれらももう場所取りしておくか？」

司が辺りを見回す。

「今ならまだ良さそうな場所空いてるけど」

「……そうだな。見やすいところを確保して、時間までそこで待機しよう」

ぼくは少し身を屈め、隣を歩く志に声を掛ける。

「志もそれでいい？」

「うん、いいよ」

前髪を額に張り付かせながら、志はにかりと笑った。ぼくは可愛らしい飾りを付けた髪をそっと撫でてあげた。

やがて最初の山車がやって来る。昼にも見たものだったけれど、今はずらりと掲げられた提灯のすべてにあかりが灯っているため、昼間とはまた違った幻想的な雰囲気を纏っていた。山車は、ゆっくりと本通りを引かれ、青見神社へと向かって行く。人々はその光景を感嘆の声を上げながら見つめていた。

でもぼくは、煌びやかに進む山車をほとんど見ていなかった。じっと、隣に立つ妹と友達の姿ばかりを見ていた。

そして五つの山車がすべて通り過ぎた。空はすでに夜の色に変わりつつあり、一番星が輝いていた。

「じゃ、あとは花火見て終わりだな。それまでしばらくぶらぶらするか」

司に頷き、ぼくは志の手を取った。小さな手のひらを、はぐれないようにぎゅっと繋ぐ。

人混みの中をぼくらは歩く。見慣れたはずの本通りは、不思議なほど、知らない場所のように思える。たくさんの人のせいだろうか。並ぶ灯籠のあかりのせいだろうか。甘いわたあめの匂いのせいだろうか。よくわからない。ざわめきが近くから遠くから聞こえる。

「あ……」

ふいに目に入った露店で、見覚えのあるものを見つけた。ちりめんで作られた干支を模した根付けだ。ぼくは志の手を引いてその露店の前へ行き、並んでいた白いうさぎの根付けを手に取った。

「志、これ欲しいだろ」

チリン、と根付けに付いた鈴が鳴る。志はきょとんとした顔をしていたけれど、ふっくらとしたちりめん細工のうさぎを見ると、徐々に顔を綻ばせた。

「可愛い！　欲しい！」

目を輝かせる志の横から、司も小さな根付けを覗き込む。

「なあ、これって干支だろ。志って卯年《うさぎ》だっけ？」

「ううん、辰年。でもうさぎがいい」

「適当だなあ」

「あ、でももうお小遣い全部使っちゃったんだった……」

わかりやすくうな垂れる志の頭に手を載せる。

「お兄ちゃんが買ってあげる。だから、大事にするんだよ」

見上げた顔が大きく笑った。

志が跳ねるたびチリンと鈴が鳴る。跳ねなくても、夜風に吹かれてチリリンと鳴る。

間もなく花火が上がるはずだった。頭上には星しかなく、空は彩られる準備を整えている。

隣には、司と志がいる。この時間がいつまでも続けばいいのにと思う。

ふと、考えてしまった。ぼくはこの先に起きることをもう知っている。知っているなら変えられる。明日、志をピアノ教室へ行かせなければ……ぼくが学校を休んでずっと志のそばにいれば、志は事件に遭うことはなく、ぼくもずっと志と一緒にいられるのではないかと。

無理なことはわかっていた。事件に遭う未来をただ変えたところで、死ぬ運命までは変えられないだろう。予期せぬ不幸な事柄のすべてから守ることなんてできやしない。

それに……ぼくはすでにヨゴト様のものだ。証拠に、ほら――、

『アキラ』

ぼくを呼ぶ声がする。

「瑛？」

司がぼくの袖を引っ張った。前を行っていた志もその声に立ち止まる。

「どうしたの？」

「どうしたのって、こっちの台詞だっての。そんな顔してどうした。気分でも悪いのか？　だったらもう帰ろう」

「……いや、大丈夫。なんともないよ」

思わず笑った。ぼくは一体どんな顔をしていたのだろう。こんな、最後の最後で余計な心配をかけるわけにはいかないのに。

『アキラ』

わかっているよ。すぐに行く。

これで、お別れだ。

「志、司。ぼくはこれからちょっと用があるんだ」

花火の開始時刻まで一分を切った。道行く人たちが足を止め、空を見上げはじめる。

「は？　なんだよ藪《やぶ》から棒に」

「ごめん。ふたりはここで花火を見ていて」

「どういうことだよ」

「お兄ちゃん、どっか行っちゃうの？　どこに行くの？　志も一緒に行く」

志が縋りついてくる。連れていきたい気持ちを抑え、小さな肩を引き離す。

「駄目だ。志は来ちゃ駄目」

見上げる瞳に胸が痛んだ。でも、このわがままばかりは聞いてやれない。

「志は司と一緒にいるんだ。いいね。はぐれないようにね」

「……お兄ちゃん」

「司といれば大丈夫だから」

志の頭を撫で、そして司に目を向けた。表情からは思いは読み取れないけれど、志と同じように疑問を抱いているだろう。もしかしたら、今日のぼくがいつもと違うことにも薄々気づいているかもしれない。

その疑問や思いを、言わせないことを、どうか許してほしい。

「司。志を頼んだよ」

司になら任せられる。任せられるのは、司しかいない。

志を頼む。ぼくの代わりに守ってやってくれ。わがままな子だけれど、根は優しい良い子なんだ。おまえのことも本当は大好きだ。おまえもだろう。きっと、これからも仲良くやっていけると思う。

もしも三人で未来を歩めたら、どれほど素敵なことだろうね。ぼくらはどんな大人になったかな。今の自分に誇れるような人間に成長できただろうか。いつか恋もしたかもしれない。自分のお嫁さんなんて、今はまだ想像つかないけれど。司のお嫁さんになる人はどんな人だろう。志の花嫁姿は……ちょっとまだ考えたくないな。でもいずれは良い人を連れて来るかもしれないね。結婚することだけが幸せではないから、誰とも結ばれずに生きる道を選んでもいい。それが自分にとって最善の道なら、好きなものを選ぶといい。

誰より幸福な道を。

「じゃあね」

——チリン、

鈴の音が鳴った気がした。

ふたりに背を向けたその時に、夜空に大きな花火が上がった。歓声が辺りを包み、空が鮮やかな色に染まる。

ぼくは決して振り返らず、人混みの中を歩いていった。泣くのは我慢していたつもりだったけれど、いつの間にか頬はびしょ濡れになっていた。

裏通りにひと気はない。等間隔に並ぶ竹灯籠だけがゆらりとあかりを揺らめかせている。

ヨゴト様はぼくを待っていた。あの祠の前で、ぼくを待っていた。

『アキラ』

頬を両手で強く拭い、ヨゴト様と向かい合う。

「……ぼくがあなたに会うのは一年後の未来のはずなのに、ぼくを知っているんですね」

『ああ、もちろんだとも。アキラ、妹に別れは告げられたか』

「どうでしょう。はっきりとは、言えないけど。でももう二度と会えないと思っていたから、会えてよかったです」

浅葱色の着物を着た子どもは、表情をひとつも変えなかった。瞬きひとつせず、細い目をぼくに向けていた。

「あの、ここに手紙を置いていってもいいですか？」

帯に挟んでいた紙を取り出した。手紙といっても、宛名もない、たった一行書いただけのメモだ。

『誰も気づかんかもしれんぞ』

「構いません。それならそれで」

ただ、あまりにも志たちに何も残していないことに気づいてしまったから。せめて何か形になるものを置いておきたいと思ったのだ。

ぼくは祠を開け、大きな石の付けていた赤い前掛けのポケットにメモを入れた。こんな場所、絶対に志は触れないだろうなと思いながら。それならそれでいい。ぼくの思いが、残りさえすれば。

「幸せに」

立ち上がり、ヨゴト様と向かい合う。

不思議ともう恐れはなかった。

ただただ清々しい気持ちだった。

「ヨゴト様、必ず志を救ってください」

『すでにその願いは叶えている。おまえが我のものになったその時に。おまえの妹は、ユキは、長く人の世の道を歩むことだろう』

「そうですか。良かった」

良かった。本当に。

『では行こうか、アキラ』

小さな手のひらが伸ばされる。志のとよく似た大きさだった。

「はい」

繋いだ手にぬくもりはないけれど、ぬくもり以上の大きな愛情を感じ取った。

きっと、ヨゴト様は人間が大好きなんだ。だから人の切なる願いを叶えてくれるのだろう。その代わりに人の持つ様々なものを自分の手に集め、この町を見守ってきた優しい存在。

「ヨゴト様、こんなひと気のない場所にいて、寂しくなかったですか？」

祠は裏通りの片隅にある。ぽつんと、通りの行き止まりに、まるで隠されるように建っている。ほんのひとつ向こうに行けば、いつでも賑わう通りがあるのに、ヨゴト様のいるこの場所は、いつだって静かだ。

『寂しい。今の時代、ひとは滅多に我を訪ねようとはしない。寂しい。寂しいが、これからはおまえがいる』

繋いだ手の先の子どもはそう言った。ぼくは、ゆっくりと一度だけ瞬きをした。

「そうですね」

ゆっくりと、足を踏み出す。どこに行くかはわからないけれど、ここではないどこかへ行くのだろう。

もう、戻って来ることはない。ぼくはこの世界から消える。

ぼくの未来を、大切な宝物へと託して。

ぼくのすべての幸福を、小さな手のひらへと託して。

ぼくは、最後の言葉を告げた。

「さよなら」

志

何も考えられなかった。

あのあと、わたしも司くんも、ひと言も喋らずに帰って来た。

司くんは家の前まで送ってくれたはずだけれど、それまで電車でどう過ごし、どう隣を歩き、どう別れたのかまったく覚えていない。気づけばわたしはお兄ちゃんの部屋でひとり、制服のまま座り込んでいた。

「……」

司くんの言ったことを真に受けるわけにはいかない。

あまりにも非現実的すぎる。ひどすぎる妄想だ。

殺されるはずだったわたしを救うために、お兄ちゃんがヨゴト様へ自分の身を差し出した、だなんて。ありえるわけがないし、あんなことを本気で言うなんて司くんらしくもない。

あまりに手掛かりがないものだから無理にでも答えを出そうとしたのだろうか。だとしてももう少しまともな筋書を作ってほしかった。嘘でも納得できるようなことなら、それで満足できたかもしれないのに。

やっぱりわたしたちだけで秘密を探るなんて無茶だったんだ。すでに多くの人が十分なくらい調べてくれていたのに、今さら新しい真実なんて見つかるわけがない。もうこれで終わりにしよう。わたしも司くんも、お兄ちゃんのことを忘れるべきだ。

「……」

そう思っているのは本当なのに、くだらないと笑って立ち上がることができない。心が何かに引っ張られている。本当はもう答えはそばにあるのだと誰かに告げられている。

仮に答えを見つけていたとして、それが真実かどうかなんて、確かめる術《すべ》はないのに。

「……」

本当に？　本当に確かめる術はない？

お兄ちゃんの部屋を見回してみる。もうずっと主のいない部屋は、七年間、ほとんど変わらないままで残されている。定期的に掃除をしているお母さんの他には人が入ることはまずなかった。お兄ちゃんが失踪した直後に警察が捜査しに来た時以外は。

あの時、結局警察は何も持っていかなかった。失踪に関連づくようなメッセージを残していないか探したけれど、これと言って参考になるものがなかったらしい。携帯電話はお兄ちゃんと一緒に消えていたし、パソコンは元から持っていなかった。ブログなんかもやっていない。自分の心情を吐露するようなものはこの部屋のどこにもなかった。

でも、お兄ちゃんは日記を書いていたはずだ。あの日記帳はどうしたのだろう。たとえ失踪に直接関連するようなことを記していなかったとしても、個人的な思いを書き連ねた日記帳なら詳しく精査するはずだろう。見つけていたのなら無視するはずがない。

だとしたら……あの日記帳は、まだ誰にも見つけられずにしまわれたままなのだろうか。

「確か、あそこに」

立ち上がり、部屋の右端に置かれた勉強机に手を置いた。この机はまだわたしがお兄ちゃんの妹になる前、お兄ちゃんの本当の父親が手作りしたものだ。器用で、様々なものを手作りしていたらしい。今のお父さんと随分タイプの違う人で、父親らしさには欠けていたが、人間的には魅力に溢れ、いつだってユーモアを忘れない人だったと言っていた。

その人がお兄ちゃんへの最後のプレゼントとして贈った手作りの勉強机には、ある仕掛けがあった。些細なものだ。

『これのことは誰にも内緒ね』

お兄ちゃんはそう言って、わたしに仕掛けを教えてくれた。天板の下に置かれた三段の引き出しは、一段ずつ引き出すと外れる前に引っ掛かる。けれど、三段すべてを一緒に引き出せば、一番下の段だけ外れる。その外れた引き出しの裏側からは、さらに下部が引き出せるようになっていて、三段目の底に隠れていた五センチもない高さの四段目の引き出しが現れる。表からはもちろん、三段目の引き出しの中からでも、この四段目の引き出しの存在はわからない。

『隠し引き出しってやつだね。こんなの作れちゃうの、すごいよね』

わたしはお兄ちゃんとの約束を守り、その引き出しのことは誰にも言わなかった。お母さんにもお父さんにも、もちろん、家にやって来た警察にも。だから見つかることも知られることもなかった。ここに四段目の引き出しがあって、そしてお兄ちゃんの日記帳がしまわれているかもしれないことは、今はわたししか知らない。

「……あった」

隠された引き出しの中には厚いノートが入っていた。取り出して、一ページ目から開いてみる。中一の男子にしては随分綺麗なお兄ちゃんの字で、なんでもない日常が綴られている。

わたしはそのすべてを読んだ。日々の出来事や目標、なんとなく考えたどうでもいいこと、たまに愚痴。話題がなければ天気のことなんかが、独り言らしく至極のんびりと書き連ねられている。司くんの引っ越しを知った日には寂しさを吐き出していたけれど、それ以外は特に不穏な記述はなく、失踪に繋がりそうな事柄は一切見つけられなかった。

失踪の前日までは。

「……」

わたしは、九月二十七日、お兄ちゃんが失踪した当日の日記を読んだ。

他の日に比べずっと多く、事細かに書かれた日記を……お兄ちゃんが経験し、感じ、過ごした日々と、思いと、決意と、選んだ道を、わたしは一文字も逃すことなく読んだ。

読み終わったらまた初めから読んだ。何度も繰り返し読んだ。

五回目を読み終えたあとで、ノートが手からずり落ちた。何もかもが体の中から抜けてしまっていた。

本当に、わたしのために消えたんだ。

お兄ちゃんはわたしを救うためにこの世からいなくなったんだ。

誘拐殺人事件の被害者として殺されていたわたしの命を取り戻すため、ヨゴト様に願い、引き換えに自分の魂を差し出した。ヨゴト様はお兄ちゃんの願いを叶え、わたしは死ぬことはなくなった。運命が変わったことでわたしは事件に遭うことはなくなり、代わりにあずさちゃんが犯人と鉢合わせてしまった。それ自体はヨゴト様の意図したことではないだろう。恐らくただ単にそうなってしまっただけのことだ。

ヨゴト様に変えられたのは、わたしの運命と、お兄ちゃんの未来のふたつだけ。

「……お兄ちゃん」

司くんの言っていたことは全部本当だった。

お兄ちゃんがいなくなったのは、全部わたしのためだったんだ。

わたしのせいで、お兄ちゃんは自分の未来を捨てた。

すべてを捨ててまで、わたしを守ってくれた。

自分自身を対価にして。

「志？」

声に振り返る。

今仕事から帰って来たのだろう、スーツ姿のお母さんが、開いたドアの向こうにいた。

「何してるの。リビングも真っ暗だから、帰ってないのかと思ったじゃない」

「……お母さん」

お母さんは、お兄ちゃんの部屋の真ん中で座りこけるわたしを、不思議そうに見つめていた。

わたしのお母さん。でも、血は繋がっていないお母さん。

自分の産んだ子であるお兄ちゃんがいなくなった時、お母さんはどんなことを思ったのだろう。わたしのほうがいなくなればよかったと少しでも考えただろうか。もしもお兄ちゃんがわたしのためにいなくなったと知ったら、お母さんは、どう思うだろう。

「志、どうしたの？　学校で何かあった？　それとも調子でも悪いの？」

「ううん、そんなことない」

お母さんに、この日記帳を見せるわけにはいかない。お兄ちゃんだって真実を知らせるつもりがなかったからこそこの日記帳に書いたのだろう。

お兄ちゃんが帰って来るのを今も信じているお母さんに、こんなこと、教えないほうがいい。知らないほうがいい。

絶対に、知っちゃ駄目だ。

「志？」

お母さんが心配そうな声でわたしを呼んだ。わたしはお母さんの顔を見ることができずに、うな垂れながら、ぎゅっとお兄ちゃんの日記帳を抱きしめた。

お兄ちゃん。わたしを守ってくれたことには感謝している。どれだけありがとうと言っても足りない。でも、本当にこのやり方が合っていたのかな。

お兄ちゃんがいなくなって、お母さんが、お父さんが、司くんが、みんなが、どれだけ悲しんだか、お兄ちゃんは知らないんだ。

お母さんがそばに来てわたしの背中を撫でる。

「志、本当に大丈夫？」

「ねえ、お母さん」

「ん？」

「もしも、もしもだよ。お兄ちゃんがいなくなったのがわたしのせいだとしたら、どうする？」

顔を上げずに訊いた。お母さんが今どんな表情でわたしを見下ろしているかはわからない。

「もし、わたしのために、いなくなったとしたら」

「……それは瑛が、志を守るためにいなくなったっていうこと？」

問い返すお母さんに、わたしは曖昧《あいまい》に頷いた。たぶんお母さんは、わたしが本当のことを言っているとは思っていないだろう。失踪直後ならともかく、今さらなんの兆候もなかったことを言ったところで真に受けないのはわかっている。わたしが変に悩んで考えすぎて、妙なことを口走っているとでも思っているはずだ。

「何を言い出すのかと思ったら。やっぱり嫌なことでもあったの？」

案の定、お母さんはため息まじりにそう言った。そっと頭に乗る手のひらの感触につられるように顔を上げると、お母さんは眉を八の字に下げ笑っていた。

「あんたが何をどう思い詰めてるのか知らないけどね。もしも志の言うとおり、瑛が志を守るためにいなくなったんだとしたら、お母さんは瑛を誇りに思う」

「誇り……？」

「うん。だってあの子は、志のお兄ちゃんだからね」

撫でてくれる手のひらはあたたかくて、とても大きく思えた。もう背だってわたしのほうが高いのに、いつまでもお母さんの大きさを超すことができない。お兄ちゃんより年上になっても妹であり続けるのと同じだ。

わたしはいつまでも子どもで、たくさんの人に守られて生きている。その愛情に包まれ、当たり前のように受け取って、何も返せないままここにいる。

わたしが今ここにいる意味はあるのだろうか。本当にこれが正解なのだろうか。

お兄ちゃんを引き換えにしてまで歩む未来に、わたしは一体どんな幸せを見つけられるというのだろう。

「もう、久しぶりに見たわ。志の泣いてるところ」

お母さんがわたしの頭を抱きしめる。グレーのスーツの肩口に、ぽつりといくつかの染みができた。我慢できなかった分は仕方がない。でも大声で泣きたくなんてなかったから、必死で下くちびるを噛んだ。

「よしよし、大丈夫大丈夫」

よっぽど嫌なことがあって精神が不安定になっていると思われているらしい。心がぐちゃぐちゃになってしまっているのは、確かだけれど。

「大丈夫だよ志。お父さんもお母さんも志の味方だから」

わかっている。わかっているけれど。

もしも真実を知っても、同じように言ってくれるかな。

お兄ちゃんはわたしのためにいなくなったんだって。お母さんたちが知ってしまった時のことを考えると、とても、言うことなんてできない。

◇

「志！」

次の日の朝、いつもどおりにチャイムぎりぎりに教室へ行くと、待っていたといった様子で美寄が声を掛けて来た。

「おはよう美寄」

「おはよ。って、あんたひどい顔だけど大丈夫？　昨日、例の被害者の子のところ行ったんでしょ。なんかあったの？」

席に座るわたしを、美寄は怪訝《けげん》そうに見上げていた。

どれだけひどい顔をしているかは自覚している。朝起きてから鏡で見た自分の顔に、自分で驚いたくらいだから。

「心配ないよ。昨日が弾丸旅行だったからちょっと疲れただけ」

「……そっか。会えたは会えたの？」

「うん。急に訪ねちゃったし、話したくないこと話してもらっちゃって、随分迷惑かけたけどね」

「成果はあったの？」

訊ねる美寄に、わたしは苦笑いを浮かべた。美寄はそれで、何も収穫がなかったと判断したらしい。「そっか」と残念そうに呟いた。

「志」

美寄と話していると、龍樹もやって来たけれど、ちょうど同じタイミングで先生が教室へ入って来てしまったために渋々自分の席へ戻っていく。

その背中を呼び止める。

「ねえ、やっぱり青見祭りの日、浴衣貸してくれない？」

驚いた顔で龍樹は振り返り「わかった」とだけ言って席に戻っていった。美寄が少し眉をひそめたけれど、目を合わせないようにした。

授業中、先生に見つからないようにスマートフォンを操作して司くんにメッセージを送った。話があるから今日の放課後に会いたい、と。しばらくしてから了承の返事が来た。公園で待ってる、と書かれていた。


「で、急にどうした？」

休み時間になりふたたびやって来た龍樹が、いの一番にそう言った。

「浴衣を貸してくれだなんてさ。おまえは着ないんじゃなかったのかよ」

「わたしが着ちゃ悪い？」

「そういうわけじゃねえけど。急に言い出すから」

青見祭りは三日後に迫っている。これまで着ないと断言していたのに、なんの素振りもなく意見を変えるのは確かに不自然だったかもしれない。

「バイト先でオーナー夫婦も一日中着るみたいだから、わたしもせっかくだし着ようと思って」

「ふうん。まあ、着てくれるのは嬉しいから、いいけどさ。貸せるの何着かあるけど、選びに来る？」

「ううん、当日借りに行くから、龍樹が選んでくれていいよ」

「わかった。着付けもうちでしていけよ。おれがやってやる」

了解、と答える。バイトは朝の九時からだから、八時前には龍樹の家にお邪魔することにした。

「姉ちゃんも前日から帰って来るから、言えばヘアセットしてくれると思うぜ。一応あとで連絡入れておくよ」

「うん、助かる」

ろくに髪飾りも持っていないわたしが自分の髪で遊べるわけもないので、着付け以外もやってもらえるのはありがたい。お金は払おうとしても受け取ってもらえない気がするので、代わりに美味しいお菓子でもたっぷり持参して行こう。

「ねえ」

ふと、わたしと龍樹のやりとりを見ていた美寄が口を開く。

「本当に理由ってそれだけ？」

頬杖を突きながら、美寄はわたしを上目で見ていた。

わたしはなるべく顔に出さないようにしながら、目を逸らさずに首を傾げる。

「うん。なんで？」

「……別に。ただの勘っていうか」

「何それ」

「ま、浴衣を着るってだけの話だし、志が着たいと思ったんならあたしもそれでいいけどね。着てほしいって思ってたくらいだし」

美寄が伸びをして前を向く。同時に次の授業開始を告げるチャイムが鳴った。

わたしは美寄の背中を眺めながら、今まで美寄が頬杖を突いていた場所に肘を突き、重い頭を手で支える。

「……」

本当に、深い意味があるわけではなかった。理由は、ふたりに話したものとは違うけれど。だからといって浴衣を着ることに何か重要な意味を隠しているわけでもない。ただなんとなく、あの日に着ていたから、着ようと思ったというだけの話。それだけのことだ。

「志」

授業のプリントを回しがてら、振り返った美寄が小声で言った。

「バイト先に遊びに行くね。わたしもせっかくだから、志の浴衣姿を見に行ってあげる」

悪戯っぽく笑う美寄に、わたしも口元を緩めた。

祭りの中で見る浴衣姿の美寄はきっととても綺麗だろうと、その日のことを想像した。


放課後、真っ直ぐ家に帰る道からは少しだけ外れ、お兄ちゃんと司くんと三人で花火をした公園へと向かった。

公園では小学生が遊んでいた。遊具で遊んでいるのは低学年で、グラウンドでサッカーをしているのは高学年くらいだろうか。

司くんはベンチに座って、見知らない子どもたちが遊ぶのを眺めていた。

「司くん、今時はすぐ不審者として通報されるから、気をつけてね」

わたしは司くんの隣に腰掛けた。小学生たちの賑やかな声は、公園のどこからでも聞こえてくる。

「おれのどこが不審者だよ」

「どこからどう見ても」

「どこにこんな爽やかな不審者がいるよ」

「自分を不審者と言う不審者はいないからね」

司くんは顔をこれでもかとしかめたはずだけれど、見なかったからわからない。大きなため息は、聞こえない振りをした。

「で、どうする？　どっか行くか？」

「ううん、ここでいい。そんなに時間かからないし」

わたしは、普段は筆箱と財布とスマートフォンくらいしか入っていない鞄から、一冊のノートを取り出し司くんに手渡した。司くんはそのノートを見たことがなかったらしい。表紙と裏表紙を繰り返し眺め首を傾げた。

「なんだこれ」

「お兄ちゃんの日記帳」

「瑛の？」

司くんが眉を寄せる。

「なんだって瑛の日記帳が？　こういう類のものは見つからなかったはずだろ。まさかおまえ、ずっと隠し持ってたのか」

「違うよ。わたしも見つけたのは昨日。隠してたのは、お兄ちゃん自身だよ」

勉強机に隠された仕掛けのことを教えた。司くんはそれ自体は知らなかったようだけれど、疑いはしなかった。

「なるほどな。おまえが思い出さなけりゃ、いつまでも眠ってたってことか」

「机が捨てられたりしてなくて良かったよ」

「なあ、この日記って、あの時のやつ、だよな」

「うん。読んでみて。お兄ちゃんがいなくなった日のだけでいいから」

そう言ったけれど、司くんは一ページ目からすべての日記を順に読んでいった。

最後まで読み終える頃には……お兄ちゃんが残した真実を読み終える頃には、賑やかだった公園内は静かになり、頼りない街灯がわたしたちを照らしていた。

お兄ちゃんの日記の最後の一文に、司くんは自分の指を這わせた。

まるでお兄ちゃんそのものに触れるみたいに、少し震えた指先で、何度も撫でていた。

「司くんの言ってたことはあってたよ。お兄ちゃんは殺されたわたしのために、ヨゴト様に自分の身を差し出したんだ」

黙ったままの司くんに、わたしは言う。

「全部、わたしのためだったんだよ」

お兄ちゃんがいなくなったのは。未来を捨てたのは。家族を、友達を捨てたのは。すべてわたしのためにしたことだった。

最初にこの事実に気づいたのは司くんだ。けれど、実際に答え合わせをして自分の予想が当たっていたことを知り、一体どう思ったのだろうか。

大切な親友が消えた原因が今目の前にいる親友の妹だったことを知って。

そして、親友がもう二度と、戻っては来ないことを知って。

「……そうか」

司くんは呟いた。そう呟いたきり、しばらく目を閉じて、何も言わなかった。

整った横顔に激しい感情は見えない。ただ、だからこそ司くんが抱く思いが伝わって来る。

「それで、どうするんだ」

ふたたび目を開けた司くんがわたしに問い掛けた。

この事実を知って、どうするか、と。

「どうもしないよ。どうしようもないし。もっと現実的な答えだったならともかく、こんなこと誰にも言えるわけないじゃん。事件性はなかったってことだし、この結末を、わたしたちの中にだけ抱えておくしかない」

「……そうだな。おまえの言うとおりだ」

日記帳を閉じ、司くんは立ち上がる。

もし言われればその日記帳は司くんにあげるつもりだった。捨てると言うのならそれでも構わないと思っていた。

けれど司くんはそのどちらもしなかった。

「大事にしまっておけよ。くれぐれも、おじさんやおばさんに見られないようにな」

返された日記帳を受け取る。わたしは司くんを見上げたけれど、目が合っているのかいないのか、よくわからなかった。

わたしがノートを鞄にしまっている間、司くんは真っ暗なグラウンドを眺めていた。人のいなくなった公園は三人で花火をした時のことを思い出させる。

「話って、これで終わりか？」

「うん」

「そうか。なら、暗くなったから家まで送ってく」

頷いて、わたしも立ち上がった。

公園を出て、ふたりで家までの道を歩いた。

前を司くん。その数歩後ろをわたし。

背筋を伸ばして歩いていく司くんの後ろ姿を、じっと見つめ付いていく。

「司くん、わたしを恨む？」

問いかけに、司くんは振り返ることはなかった。足を止めることもない背中に続けて投げかける。

「お兄ちゃんじゃなくてわたしがいなくなっていれば良かったって、少しは思ったんじゃない？」

未来は二択だった。わたしがいなくなるか、お兄ちゃんがいなくなるか。今はお兄ちゃんのいない道を進んでいるけれど、本来はわたしがいなくなっていたはずで、代わりに今わたしがいる場所には、お兄ちゃんがいたはずだった。

司くんと同じように成長して、アメリカにいた司くんの帰りを待っていたはずだ。

わたしの時の止まったほうの道では。

「志」

司くんはやはり振り返らない。しかし足は止め、少しだけ顔を上に向けた。

「おれは別の人生で、おまえが死ぬっていう経験をしたんだろう。おまえの葬式にも参加したし、そこでひどく悲しむ瑛を目の当たりにしたんだ。今のおれには覚えのない記憶だけどさ、それって、一体どんな気持ちだったんだろうな」

わたしは歩いていた時と同じ距離を空け、司くんの後ろに立ち止まった。星あかりのない町の夜は、数歩先の街灯ばかりが明るい。

「それが、今とどっちが辛かったのかはわからない。おまえと瑛とを、天秤にはかけられない。どんな未来を歩もうと、今この時に三人揃って笑っていられることはないんだ」

そしてようやく司くんは振り返った。その顔は、ただただ綺麗なだけだった。今さらわたしに何を隠そうとしているのか知らないけれど、たぶん、隠しているのを知られているると承知のうえで、何も顔に出さないし、何も言わずにいるのだろう。

それならそれで構わない。こっちだって、わざわざ心の奥底をほじくり返そうだなんて思っていないから。

わたしたちは、素直に互いの心の内をぶつけ合えるような仲じゃない。友達ではないし、もちろんそれ以上でもない。

たったひとつの同じものを大切に思ってしまっただけだ。

それだけがわたしたちを繋いでいる。そして、その宝物に関してのみ、わたしたちは友達よりも、家族よりも、恋人よりも互いをわかり合うことができる。わざわざ心の奥を覗かなくても、わかってしまう。

「もう変なこと訊くなよ」

司くんはふたたび足を進める。

わたしはその背を早足で追いかけた。隣に並ぶと、司くんはほんの少しだけ歩を緩めた。

「ねえ、変じゃないことなら訊いていい？」

「駄目だ」

「司くんって、お兄ちゃんのこと好きだったでしょ」

ぎろり、という効果音が付きそうな顔で睨まれた。司くんって、わたし以外にこの顔を見せることがあるのだろうか。

「当たり前だろ。親友なんだから。そうじゃなきゃ今だってここまでしてない」

「そうじゃなくてさ。友達とか、そういうのより、もっと特別な感情があったんじゃないの」

「特別な？」

「うん」

司くんからのお兄ちゃんへの感情は、あまりに濃くて深い。親友、と司くんは言っているし、お兄ちゃんも司くんのことをそう思っていた。けれどその言葉だけでは司くんの思いにはまだ足りていないような気がしている。

「……そうかもしれないな」

案外あっさりと司くんは認めた。

視線は爪先の数歩先を見ていた。

「瑛はおれにとってのヒーローだった。瑛だけが特別だったんだ。大好きだった」

本人に届かない告白は、靴音と一緒にアスファルトに吸い込まれた。

もしもこれをお兄ちゃんが聞いていたら、どんな顔でなんと答えただろう。

隣を行く右足が落ちていた小石を蹴り飛ばす。真似してわたしも大きな落ち葉を蹴り上げた。ふわっと飛んでかさりと落ちる。

「司くんとお兄ちゃんって、幼稚園から友達なんだっけ」

「ああ。そんな小さい頃の記憶なんてもうほとんどないけど、瑛と会った日のことは今も覚えてるよ。年少の時だ」

「同じクラスだったの？」

「いや。まだ入園したばっかりだし、顔も知らなかったよ」

そして司くんは話し出した。わたしの出会う前のお兄ちゃんのこと——わたしの知らないふたりの話を。

「あの時おれは女みたいで、背も瑛より小さくてさ。そんなだから図体だけデカい馬鹿な奴らに目を付けられていじめられていたんだ。今なら何があってもやり返すけど、その時は他人に悪意を向けられたのが初めてだったから、怖くて立ち向かえなくて、いつもひとりで泣いてたんだ。幼稚園なんてもう行きたくないって家で駄々捏ねて、親のことも困らせてた。まあ通いはじめたばっかりだし、休ませてもらえなかったんだけど」

語られる昔の司くんは、今の司くんからは想像がつかない。今も見た目だけなら優男ではあるけれど、背は高いし、何より中身は腹黒で口も悪い。

「その日もおれは毎度のごとく遊具の隅で膝を抱えてひとりで泣いてた。そしたら足音が聞こえてさ、まさかあいつらが来たのか、って思ってビビりながら顔を上げたら、瑛がいたんだ」

司くんが言うには、お兄ちゃんはそこで司くんに「いつもここで泣いてるね」と言ったそうだ。お兄ちゃんにしては随分デリカシーのない言い方をしたものだ。そして案の定、泣き虫だった司くんはショックと恥ずかしさで余計に泣いてしまったらしい。

「おれは瑛に、幼稚園なんてもう来たくないって言ったんだよ。こんなところもう嫌だって。そしたらあいつ、なんて言ったと思う？　それ本気で言ってるのって、真顔で訊いてきたんだ。おれはおまえこそ本気で言ってんのかって思ったね。おれがいつも泣いてるのを知ってるくせに、そんな今さらなことを訊くのかってさ。でも、問い掛けられて、答えようとして、初めて気づいた。おれは別に、幼稚園に来たくないわけじゃなかったんだよ。むしろ幼稚園には来たいんだ。ただここで、嫌なことに遭わずに楽しく過ごしたかっただけなんだよ」

それをお兄ちゃんに伝えると、お兄ちゃんは頷いて、さも当たり前のようにこう言った。

『なら笑って来たらいいよ。楽しく遊べばいいよ。悪いのはあいつらなんだから、あいつらが泣くならわかるけどさ、きみは泣いたりしなくていいんだよ。ほらね、笑いなよ』

きっとお兄ちゃんは、それが当然の権利であるはずなのに、そうしようとしない司くんを不思議に思っていたのだろう。そしてその言葉で、司くんは気がついた。

「驚いたんだ。それまでずっと、おれは悪いことなんてしてないのになんでこんな目に遭うんだって思ってた。それで合ってたんだよ。ひどい目に遭う理由なんておれにはこれっぽっちもなかったんだから、泣いて悲しむこともないんだ。堂々と、笑って好きにしてりゃ良かったんだよ」

その後もしばらくはいじわるが続いたけれど、何をされても気にせずに自分の好きなように過ごしていたら、そのうち飽きたのか、何もされなくなった。

「瑛は嫌な奴らを懲らしめてくれたわけじゃない。いじめられてたおれに味方してくれたわけでもない。ただおれの世界を変えたんだ」

司くんはお兄ちゃんとよく遊ぶようになって、小学校に上がってからもその関係はずっと続いた。中学に上がってからも、お兄ちゃんがいなくなっても、司くんがアメリカへ行って、そして帰って来た今も。

「それだけのことだって言われたら、ほんと、それだけで、くだらなくて些細なことなんだけど。それでもおれは瑛に憧れたんだ。瑛みたいになりたかったし、瑛に認めてもらえる人間でありたかった。いつでも、あいつの隣を胸張って歩けるおれでいたかったんだよ。こんなふうに思う相手は、今も瑛ただひとりだ」

独り言のように、司くんはかすかな息と一緒にそう吐いた。

家はもうすぐそこだった。他の家からは部屋のあかりが漏れているけれど、わたしの家はどの部屋も真っ暗なままだ。

「ただ、そんな大事な人間を、おれは結局守れなかったんだよな。おれは瑛のためには何もしてやれなかったんだ」

誰もいない家を司くんも見上げていた。もしもお兄ちゃんがいなくなっていなければ、あの家には今あかりが点いていただろうか。

「でも、あの時に司くんがお兄ちゃんのそばにいたら、未来は違っていたと思う」

「違ってたって？」

「わたしが死んだあとも司くんが日本にいたなら、お兄ちゃんはヨゴト様のところへは行かなかったよ。きっとね」

もしくは、たとえば、あの時ふたたびヨゴト様のもとへ向かうお兄ちゃんが、司くんに自分の身に起きたことを話していたとしたら。

もしもの話なんてしたって仕方ないとわかっている。それでも、もしも、もしもと起こり得ない現実のことばかり考えてしまう。

もしも、お兄ちゃんが今ここにいたら。

「仮にそうだとしても、その未来になってたなら、おまえはここにはいないんだぞ」

家の前で司くんは立ち止まる。わたしも足を止め、ぴたりと閉じられている門に手をかけた。

「うん。そうだね」

司くんの言ったとおりだ。どう転んだって、わたしたちが三人で歩める道はない。

わたしがいないか、お兄ちゃんがいないか。

今ある道は、そのふたつしかない。その道の片方を、わたしたちは歩いている。


その日の夜中、夢の中で、誰かに呼ばれた。

知らない声だけれど、聞いたことがある気がした。

『ユキ』

子どもの声だ。男の子か女の子かはわからない。

愛おしむようにわたしを呼ぶその声は、お兄ちゃんがわたしを呼ぶ時の音と、よく似ていた。

◇

「ぐっ、苦しい……」

強く効いたエアコンに当たりながらわたしは唸り声を上げる。締め上げられた帯がわたしの貧相な胴を全力で圧迫していた。和装を着慣れない身には辛い。

「我慢しろ。そら、結ぶぞ」

「うぅ」

鏡越しに見える龍樹は、わたしの帯を慣れた手つきで可愛い形に変えていく。結び目を隠すように帯の端っこを被せるのは〝みやこ結び〟というらしい。お洒落で品のある結び方だ。

「よしっと。形整えるために帯締めもするから待ってろよ。えっと、何色がいいかな」

「なんでもいいよ」

「馬鹿言え、なんでもいいわけないだろ。ただの紐と思うなよ。これが全体の雰囲気を締める重要なものになるんだよ。だからしっかり帯と浴衣に合わせたものをだな」

「はいはい、ごめんなさい。良いのを選んでください若旦那」

龍樹はむっつりとした顔をしながらも、数ある中から帯紐を選びはじめる。わたしは、真剣になるあまり丸まっている背中から、目の前の姿見に視線を移した。

紺地に朝顔柄の浴衣と、真っ赤な帯。龍樹が選んでくれた浴衣は見立てどおりにわたしに馴染んでいる。小学生の時に着たものよりも大人っぽく、涼しげな印象の浴衣だ。髪は浴衣を着る前に龍樹のお姉ちゃんがセットしてくれている。サイドを編み込んだあとまとめ上げた後ろ髪に、浴衣の朝顔と同じ色の髪飾りを着けた。

今目の前の鏡に映っているのは、いつもと違う自分の姿だ。

「どっちにしようかなあ」

龍樹が二本の帯紐を手に戻って来る。一本は水色、一本は山吹色の紐だった。

「……山吹色のほう、かな」

あやうくどっちでもいいと言いかけ、なんとか別の答えを引っ張り出した。そう何度も龍樹のご機嫌を損ねるわけにはいかない。

「そうだな。そうしよう」

「それ着けたら終わり？」

「ああ」

龍樹は前からわたしの腰に手を回し、手際よく帯紐を一周させ、くるりと紐を躍らせるように結んだ。最後におはしょりや襟を整え、仕上がったわたしを、一歩下がった場所から眺める。

「よし。完璧」

「顔以外は？」

「顔以外は」

「おい」

「冗談だよ。別嬪さん別嬪さん」

バイトの時間にはまだ余裕がある。龍樹のおばあちゃんが冷たい麦茶を持って来てくれたから、出発前に一息ついていくことにした。

龍樹の家の座敷から見える通りには、すでに多くの屋台が並べられている。この店も、今日は他にないほど人が来て大忙しになるだろうと言っていた。

本通りは普段から観光客の多い場所だけれど、今日ばかりは他の日の比ではない。地元民も他所の人も関係なく集まって、朝から晩までいつもと違う一日を味わう。

待ちに待った青見祭り当日。

町は朝から、どこもかしこも浮足立ち、祭りがはじまるのを今か今かと待っている。

「志んとこの店、今日は閉店時間延ばすんだろ？」

片付けをしていた龍樹が目線は向けずに訊いてきた。

「うん。九時半頃まではやるんじゃないかな。でもわたしは七時までだけど」

「そうなのか？　なら、美寄も誘って花火見られるな」

「あ、ごめん。わたしバイト終わったらデートだから」

「何？　なんだって！」

勢いよく振り返った龍樹の手から、帯紐が一本飛んで行った。

「デートっておまえ……本当か！」

「うん。だから一緒に花火見られないから。ごめんね」

「もしかして……司さんとか？」

「はあ？　そんなわけないじゃん、気持ち悪いこと言わないでよ」

「いや、だって、他に思い当たる人がいないし」

龍樹が口ごもる。

わたしは残りの麦茶を一気に飲み干して、ついでに入っていた氷もひとつ噛み砕いた。胸の奥がじんわりと冷える。

「とにかく、邪魔しに来ないでね。美寄にも内緒だよ。言ったら絶対に様子見に来るだろうから」

「わ、わかった……。でも、祭り終わったらちゃんと教えろよ」

飛んだ帯紐を回収しながら龍樹が言う。

「わかってるよ」

わたしは、窓の外の晴れた空を見上げた。まだ夏の気配が残ったままだと思っていたのに、いつの間にか、ひぐらしも鳴かなくなっていた。

バイト先のカフェでは、すでに開店準備が忙《せわ》しなく進められていた。日頃は他のスタッフと勤務時間が被ることはないけれど、今日はスタッフ総動員で店を回さなければいけない。一日中休む暇はないだろう。

「志ちゃん！」

バックヤードから表に出ると、途端に奥さんに抱きつかれた。

「志ちゃん、浴衣着て来てくれたのねえ！　すっごい可愛い！」

「あ、ありがとうございます。でも、着崩れちゃうから……」

「あらま、ごめんね」

慌てて離れた奥さんも、上品な薄紫の浴衣を着ていた。普段のおちゃめさが隠れ、今日は清楚でおしとやかに見える。ただ、いつもと違って見えるのは外見だけで、中身は通常運転らしい。

「ねえねえ、その浴衣姿、彼氏にも見せてあげた？」

つんと指先で肩を突かれたので、わたしは眉を寄せ、肩を払う仕草をした。

「彼氏なんていませんけど」

「でもほら、あのイケメンの」

「あれはそんなんじゃないって言ったじゃないですか。もちろん浴衣も見せてないですし。今朝はそこの美濃屋さんで着付けてもらって、そのまま来たんですから」

「あら……もしかして志ちゃんの本命は、美濃屋さんの息子さんかしら」

「違いますってば」

奥さんは良い人だけれど、隙あらば色恋沙汰に発展させようとするところだけは困りものだ。家族ではない男女で、恋愛以外の絆《きずな》を結んではいけないのだろうか。まあそもそも、司くんとはどんな名前の関係であるのか、いまだによくわからないのだけれど。


九時になり、青見城跡から号砲花火が上がった。

祭りのはじまりだ。ほどなく各地区に保管されていた五つの山車が青見神社へと集まり、それに導かれるように続々と見物人の数も増えていった。

最初は客足がまばらだった店内もあっという間に満席になり、臨時で置いた立ち飲み用のテーブルも常に埋まるような状態が続いた。祭りの熱気から逃れて来た人たちの笑い声が響く。お客さんも、働くスタッフも、年に一度の貴重な時間を味わって過ごす。

休む間もなく働いた。忙しすぎてハイになっているのか休憩したいという気も起きず、オーナーに言われて休まされるまで何時間も続けて店に立ち続けた。

店の外も中も、色とりどりの浴衣が埋め尽くしている。

気づけば夕暮れが近づいていた。そろそろ、青見神社から出て街中を引かれていた山車が一台ずつ戻って来る頃だろう。

祭りのフィナーレを、みんなが待ちはじめている。

「志」

注文の品を指定のテーブルに届けたあと、ふと後ろから声がして振り向いた。立ち飲みのテーブルに浴衣姿の美寄と、知らない男の子が並んで立っていた。

「え、もしかして美寄、本当に彼氏できたの？」

「うん……って言いたいところだけど、従兄弟。しかも中学生」

「あらら」

うな垂れる美寄の肩を叩く。美寄の従兄弟は美寄に似た美形であるのに、司くんを見慣れてしまったせいかそれほど感動はしなかった。司くんのせいで目が肥えてしまったのだと思うと、ほんのりむかついた。

「ちょっと様子見に来ただけなんだけど、随分忙しそうだね」

「今日は朝からこんな感じだよ」

「さっき龍樹の家にも顔出してきたらさ、ばたばたしてる感じはなかったけど、お客さんはやっぱり多くて忙しそうだったよ。今日ばかりはどっちも似たようなもんだね」

「ああ、あっちも大変そうだよね」

本通りの一等地にある龍樹の家は、この店よりもさらに人の出入りが多くなる。接客スタイルは違うけれど、普段より遥かに忙しいのはお互い同じだ。

「それよりさ、浴衣、似合ってるじゃん」

美寄がわたしの浴衣の袖を引っ張る。

「ありがと。朝、龍樹に着せてもらったんだ」

「選んだのもあいつだっけ？　さすが、よくわかってるね」

美寄はスマートフォンを取り出して、わたしと並んで写真を撮った。ふたりで写真を撮ったことは何度もあるけれど浴衣姿は初めてだ。わたしと美寄のツーショットは、龍樹のスマートフォンへと送られていった。

間もなく山車がやって来る時間になり、美寄は店を出た。少し手が空いたので、わたしは外まで彼女を見送りに出ることにした。

「じゃあ、バイト頑張ってね」

「ありがとう。美寄も祭り楽しんでおいでね」

通りはすでに、山車を見るために待機している人たちで溢れ返っている。空は夕方の終わりの色になり、通りの灯籠にもあかりがぽつぽつと点きはじめていた。

「ねえ、次は三人で浴衣着て遊びに来ようね」

人混みに紛れる前に、振り返って美寄は言った。

「そうだね。絶対にね」

わたしは笑ってそう答えた。

心からの言葉だったから、不自然なところはなかったはずだ。

けれど美寄はわたしの返答を聞いて、どうしてか表情を変えた。

「……志、なんかあった？」

わずかに声を低める美寄に、わたしは首を横に振る。

「何もないよ」

他人の心の機微に敏感な美寄には、わたしがどれだけしっかり隠したつもりのものでも見透かされてしまう。でも、何を言われても明かすつもりはない。美寄の前ではいつまでも、いつものわたしでいようと思う。

「志」

「ほら、もう山車来ちゃうよ。見やすいところ行かないと」

「うん。ねえ、あのさ、何があってもあたしたち、友達だからね」

美寄はわたしの両手を握り、そう言った。

「急にどうしたの？　漫画にでも影響された？」

わたしは笑って美寄の手を離す。

そして、祭りの熱気の中に紛れていく美寄に向かい大きく右手を振った。

「またね、美寄」


バイト終了時刻の七時になっても、すぐには仕事を終えることができなかった。それでもどうにかやることを片付け、残るスタッフへと引き継ぎ、二十分後には店を出た。

山車はすべて通り終え、今は青見神社で最後の儀式を行っているところだ。それが終わった午後七時半からは、祭りのフィナーレを彩る花火が打ち上がる。

わたしは、花火を待つ見物人たちの中を進んだ。

灯籠のあかり。わたあめの匂い。戦隊ヒーローのお面。りんご飴の赤。

絵画のようにとりどりに色づく通りを足を止めずに歩いていく。良く晴れた空に雲はなく、一番星が爛々と輝き満天を独り占めしていた。

涼しいはずの九月下旬の夜。けれど今日ばかりはどこもかしこも熱い空気で満ちている。

この裏通り以外は。

「……」

賑やかな本通りから一本隣に入った細く古い通り。石畳の上には、祭りの日にだけ特別に置かれる竹灯籠が等間隔に並んでいる。いつも人通りのほとんどない通りだ。祭りの今日くらいは何人か迷い込んでいてもよさそうなのに、今は誰ひとり歩いてはいなかった。

通りの端は行き止まり。商店と民家の壁に挟まれたその場所には、ひっそりと古い祠が建っている。

「……ヨゴト様」

昼間でもどこか不気味な雰囲気を漂わせているヨゴト様は、夜の闇の中で見ると一層底気味悪く見えた。ここに、本当に人でないものが住んでいると知った今となっては、余計に恐ろしく思う。

「ヨゴト様」

でも今日は、その人でないものに会いに来たのだ。

怖くても、気味が悪くても、わたしはヨゴト様に会わなければいけない。

「ヨゴト様。いるなら出て来て」

本通りからの賑わいがここまで届いている。じきに打ち上がる花火を待ち侘《わ》びる人々の話し声と思いが、通り中を満たしている。

「志」

わたしの名前を呼んだのは、ヨゴト様の声ではなかった。

振り返ると、司くんが立っていた。

「……司くん」

「やっぱり来たな。来ると思ってた」

他に人のいない通りにひとつの足音が小さく響く。ヨゴト様の前で立ち止まった司くんは、祠ではなくわたしを見ていた。

「おまえ、何をしようとしてる？」

問い掛けには答えなかった。

司くんはため息を吐き、一度首を振った。

「やめとけよ。瑛がなんのために自分の命をかけてまでヨゴト様に頼みごとをしたと思ってるんだよ。おまえがいなくなったらなんの意味もねえだろ。そんなことをしたって、結局瑛を救えないままだぞ」

訊くまでもなく、わたしがここに何をしに来たのか予想はついていたらしい。だから司くんは、わたしを止めに来たのだ。

ヨゴト様へ、自分を差し出す代わりにお兄ちゃんを返してもらおうとしている、わたしを止めに。

「くだらないことを考えるな。大人しく帰れ」

「……帰れないよ。司くんは、このままでいいと思ってるの？」

「ああ。そのとおりだ」

「嘘だね」

自分よりずっと背の高い司くんを見上げる。薄暗い中、瞳に灯籠のあかりが反射して揺れている。

「司くんは、自分がヨゴト様にお願いをするつもりでしょう。わたしを帰して、自分を身代わりに、お兄ちゃんを取り戻すために」

司くんの目が見開いた。

何も言わなくても、その仕草が答えになった。

「馬鹿じゃないの。自分ならいなくなってもいいと思ってるの？　司くんがいなくなったって、お兄ちゃんは悲しむよ」

「……仕方ないだろ。それが一番なんだ」

「仕方ないって何？　自分が犠牲になるのを仕方ないって言うの？」

「そうするしかないんだよ。おれは、瑛を救いたいんだ！」

「なら司くんがいなくなったって意味ないよ」

しん、と、静寂の中、わたしの声の端だけがこだました。

つばを飲み込み一度深呼吸をする。司くんは、瞬きも忘れたようにわたしを見ている。

「司くんは勘違いしてるよ。わたしだってね、司くんを止めに来たんだよ」

「何？」

「司くんだって、真実を知った時からそうするつもりだったんでしょ。わかってるよ。わたし、司くんのこと嫌いだし全然気が合わないけど、お兄ちゃんのことに関してだけはいつだって同じ気持ちなんだから」

同じ人間に愛情を向けていたからこそ、初めて会った時からわたしたちはいがみ合っていた。他にはまったく共通点がないのに、お兄ちゃんへ向ける思いだけはいつだって一緒だった。

だから、相手の行動なんて、自分の心のように読めてしまう。

「わたしは、自分を身代わりにお兄ちゃんを返してもらおうだなんて思ってない。今あるこの命は、お兄ちゃんが自分の命を懸けて守ってくれたものだから。捨てるわけにはいかない」

「じゃあ、どうするって言うんだ。おまえは本当に、このまま素知らぬ顔で生きていくつもりかよ。真実を知ってしまったのに」

「違う。もうすべてを知ってるんだから、今さらそんなことはできないよ。だからわたしは、誰も犠牲にならない新しい道を作る」

今ある道は二択だ。わたしかお兄ちゃんのどちらかがいない道。このどちらかしか選べないのであれば、他の道を作るしかない。

誰もいなくならない、わたしとお兄ちゃんと司くん、三人で笑い合える、新しい未来を。

「何言ってんだ。そんなこと、できるわけ……」

「ないはずない。きっと方法はあるよ」

「あるなら瑛がそうしていたはずだろ！　夢なんて見るなよ、そんな都合よくいくはずねえよ！」

「死んだはずのわたしが今こうして生きてるんだよ。だったら、なんだってできるはずでしょう」

「……おまえ、本当に、何言って」

「変なこと言ってる？　否定はさせないよ。だって、大好きな人と一緒にいたいって願う気持ちの何がいけないのさ！」

花火が上がる。

人々の歓声と破裂音が、地上から空から、ここまで聞こえる。

わたしたちの荒い呼吸の音は、掻き消されてもう聞こえない。

けれど、その声は、不思議と澄んで耳に届いた。

『やかましいな』

その言葉を、わたしたちに言っているのか、花火に対して言っているのかはわからない。

空の花火に彩られた通りに、ひとりの子どもが立っていた。

数秒でも目を背ければ忘れてしまいそうなほど特徴のない顔の子だった。男の子か女の子かもわからない。暗いのに、色のよくわかる、浅葱色の着物を着ていた。

『ユキと、ツカサか』

子どもはわたしたちの名前を呼んだ。

姿は初めて見るのに、目の前にいるのがヨゴト様であると、わたしも司くんも気づいていた。

「……あんた、おれたちを知ってるのか」

『アキラの妹と友だろう。もちろん知っている。アキラは我の友であるのだから』

ヨゴト様の声には聞き覚えがある、わたしは以前も、この声に名前を呼ばれていた。

美寄や龍樹と一緒にここを訪れた時に聞こえたあの声は、やはりヨゴト様のものだったのだ。

『ユキ。我が友の宝よ』

ヨゴト様は、能面のように表情を変えず、姿どおりの幼い声でそう言った。

わたしは両方の手のひらを強く握り、からからに渇いた喉につばを流し込んだ。

「……ヨゴト様、わたしと司くんの話、聞いてたんでしょう。わたし、あなたに、お兄ちゃんを返してもらいに来たんだ」

ヨゴト様は眉ひとつ動かさない。瞬きすら一度もしなかった。

『アキラを手放すことを拒否はしない。ただし、そのためにおまえは何を差し出す』

「差し出せるものは、ない。わたしはお兄ちゃんを返してほしいだけ」

『アキラはおまえの命を取り返すために我に身を捧げた。ふたたびアキラを現世に呼び戻したければ、ひとひとりの身を貰わねばならん。たとえば、ユキ、おまえの身でも構わない』

「それは嫌だよ。そんなことはできない」

『アキラはおまえのために身を差し出したと言うのに、おまえはそれができんと言うのか』

「そうだよ。だってわたしがヨゴト様のものになったら、お兄ちゃんは悲しむから。わたしはみんなで一緒にいたい。誰も欠けない未来が欲しい」

はじまりは、わたしの死だった。その運命を捻《ね》じ曲げたことでお兄ちゃんはいなくなった。訪れるはずだった不幸をないものにしたいだなんて都合が良すぎるのはわかっている。

わかっていて、それでも、望まずにはいられない。

『強欲な子よ。おまえのような子は好かん』

ヨゴト様は、細い両目をゆっくりと瞑《つむ》る。

『我はひとを慈しみ、愛しく思っている。だから我に縋るひとの子らの切なる願いを叶えてやった。だが、欲に満ちたひとの心はやはり美しくない。そうは思わないか、ユキ』

「……思わなくは、ないけど」

『そうだろう。そうなのだ。欲深いいきものだ。ひとというものは』

人の欲は、心を汚くする。それを否定はできない。恐ろしいほど醜い欲を持った人間のせいで、わたしの人生もお兄ちゃんの未来も変えられてしまっているのだから。

『だがアキラは違う。アキラの願いは自らを救う願いではなかった』

ヨゴト様がふたたび目を開ける。ガラス玉のような瞳が浮かんでいる。

『おまえの兄の心はそれはそれは美しい。あのような子は、久しく見ない。我は美しい心を持つ子が好きだ。優しく、他者を思いやれる心の子が』

「……お兄ちゃんみたいな人が？」

『そうだ、アキラの心が』

「馬鹿言え」

抑揚のない声に被さった罵倒に、わたしは思わず隣を見た。

司くんは一歩前に出て、自分の腰ほどの背丈しかないヨゴト様を眉間に皺を寄せ見下ろす。

「ヨゴト様、あんたとんと見る目がないようだ。瑛が優しいもんかよ。あいつは自分のことしか考えてないクソ野郎だ。瑛がした選択のおかげで、おれがどれだけ苦しい日々を送ったと思ってんだよ。自分だって死ぬほどの悲しみ味わったくせして、いざ自分の身を捨てる時には置いていかれる奴の気持ちなんてこれっぽっちも考えやしなかったんだ！」

肩を上下させ、司くんはくちびるを噛みしめた。

司くんにとって、お兄ちゃんがいなくなった時に感じた思いは、悲しさや寂しさよりも悔しさのほうが強かったのかもしれない。なぜ話してくれなかったのか。頼ってくれなかったのか。一緒に連れていってくれなかったのか。

「司くんの言うとおりだよ」

花火の音が響き続ける。

わたしは、自分の足元を見ていた。草履の鼻緒の朱色が目立つ。

「お兄ちゃんは自分勝手だ。ひとりで悩んでひとりで決めて、ひとりで全部背負ってるんだ。でも、ヨゴト様、それが人間なんだよ。ただただ優しくて綺麗なだけの人なんていない。みんな自分勝手で、誰かを愛してる」

理不尽なことばかりの世界で、それでも自分勝手に大好きな人の幸せを願う。それが人間というものだと、わたしは思っている。

「最低だよ」

吐き捨てられた言葉は、わたしの口からか、司くんの口からか、どちらから放たれたかわからなかった。誰に対しての言葉なのかもわからない。

ふいに、花火の音がやむ。

ほんの一瞬の静寂に、カランと、下駄の音が響いた。

振り返り、息を止めた。

紺地の浴衣はわたしが選んだものだ。

すべてはあの日、あの時の姿のまま。

「ひどいことを言ってくれるよね」

「……嘘だろ」

ぼんやりと淡く光る祠の前に、後ろ手で立ちながら微笑んで、いつかと同じまなざしが、わたしたちを見ていた。

「ふたりとも久しぶり。大きくなったね」

花火はまだ打ち上がっている。本通りの喧騒も聞こえる。わたしは夢ではなく現実にいる。

それなのに、お兄ちゃんが、目の前にいる。

「瑛」

「なんだよ司、こんなにかっこよくなって。ますますモテるじゃないか」

「瑛、なのか。おまえ、本物なのかよ。まぼろしじゃなくて」

「まあ、今のぼくはまぼろしのようなものかもしれないね。ぼくの体は、ふたりが生きている場所とは少し違うところにある。でも確かに、司の知っているぼくだよ」

へにゃりと眉を下げて笑う。溶けるようなその笑い方は、間違いなく、思い出の中のお兄ちゃんそのものだった。もう薄れかけていた記憶なのに、一度目にしただけですべてが鮮やかによみがえる。

笑う顔。頭を撫でてくれる手。わたしを呼ぶ声。

大切にしまっていた記憶が次々に溢れて零れ出す。

「……お兄ちゃん」

お兄ちゃんだ。わたしのお兄ちゃん。

わたしのほうが年上になっても、いつまでもわたしのお兄ちゃん。

「志」

お兄ちゃんが昔と変わらない声音でわたしを呼んだ。動けずにいるわたしに、お兄ちゃんは一歩近づいた。からん、と下駄が鳴る。

「もうぼくより大きくなったんだね。良かった、志の未来を、ずっと確かめたかったんだ」

「……お兄ちゃん、わたし、お兄ちゃんがどうしていなくなったのか、全部知ってるよ」

「そうみたいだね。知らずにいてくれれば、それが一番だったけど」

お兄ちゃんがわたしに手を伸ばす。思い出の中では上から伸ばされていたはずの手は、今は下から伸び、わたしの頬に触れた。

「志、元気そうで。大きくなったけど、昔のままだね」

「……大人になれてないって言いたいの？」

「違うよ。いつまでも可愛いって言ってるんだ」

困った顔で笑い、お兄ちゃんは隣にいた司くんの手を取った。ふらっと一歩足を踏み出した司くんを、お兄ちゃんはわたしごと、ぎゅっと全身で抱きしめた。

「ああ、こうしておまえたちに触れられる日がまた来るなんて思わなかった。嬉しいよ」

わたしたちを必死で抱きとめる小さな背中に、司くんはそっと自分の腕を伸ばす。

「おれもだ、瑛。おまえにまた会えるなんて」

見開かれた司くんの瞳から涙が落ちた。司くんは大声を上げることもむせび泣くこともなく、ただはらはらと涙を流していた。

嬉しくて、夢みたいで、思考が追いつかない。

胸は今にも張り裂けそうで、抑えられない思いが止まらずに湧き出て来る。

この日をずっと待っていた。もう一度お兄ちゃんに会える日を。わたしと司くんの前に、お兄ちゃんが帰ってくる日を。

ずっとずっと待っていた。

けれど、わたしはまだ泣けない。

「お兄ちゃん、なんであんなことしたの」

問い掛けに、お兄ちゃんは体を離し、じっとわたしを見上げた。

言葉が足りなくてもお兄ちゃんにはわかっているはずだ。わたしが何に……泣く余裕もないくらい怒っているのかは。

「ねえ、お兄ちゃんは、どうしてわたしのために自分の命なんて懸けたの？　それでわたしが喜ぶとでも思ったの？　そんなことされたって、わたしは何も嬉しくないよ」

「……志」

「お兄ちゃんがいなくなって、どれだけの人が悲しんだと思ってるの。たくさん辛い思いをしたんだよ。お母さんやお父さんがどんな思いでいたか、どんな目に遭ったか。

司くんが、他のみんなが、どれだけお兄ちゃんを捜して、見つからなくて、泣いたか」

「……」

「わたしが、どんなふうにこの七年を過ごしてきたか。お兄ちゃんは、知らないでしょう。それなのに、勝手ことしないでよ！　いなくなったりしないで！　お兄ちゃんを犠牲にしてまで歩く未来のどこに幸せを見つけられるって言うのさ！」

真実を知った時、悲しさよりも、申し訳なさよりも、何よりもまず腹が立った。

お兄ちゃんはわたしのために、自分自身の未来を捨てた。代わりに途切れたわたしの未来を繋げ、これからも長く人生を歩めるようにしてくれた。

短く不幸に終えるはずだった人生の先で、様々な経験をして、たくさんの人と巡り合って、色とりどりの感情と出会えるようにと。

そのためにお兄ちゃんは自分の身を捧げた。

お兄ちゃんは、自分のせいで大切な人のいなくなった未来を、わたしに歩けと言ったのだ。

「わかってたよ」

お兄ちゃんは、目を閉じて頷いた。

「だってぼくも志を一度失っているんだ。その喪失がどれだけの悲しみと痛みをもたらすかはよく知ってる。でもね、こうするしかなかったんだ。ぼくは、志に生きて幸せになってほしいという自分の幸せを貫き通した。みんなには悪いと思ってる。でも、後悔はしてないよ」

ふたたび開いた目に、確かに迷いはひとつもなかった。ほんの少しでも悔やんでくれたら良かったのに。

「どうしても妹を守りたかった。お兄ちゃんを、許してくれ」

わたしは強く下くちびるを噛んだ。

駄目だ。どうしようもない。

どれだけ歳を重ねたって、わたしはお兄ちゃんの妹であって、お兄ちゃんはわたしのお兄ちゃんなんだ。いつだって前を歩いて、手を引いて、笑って、時には抱きしめてくれた。その居心地の良いぬくもりに甘えてばかりいたわたしには、決して超えられない。

その真っ直ぐで不器用すぎる愛情に、勝てるわけがない。

「ふたりとも、来てくれてありがとう。会えて良かった。もう十分だ」

お兄ちゃんは、心底そう思っているというふうに、ひとつの憂いもない顔で笑う。

「……馬鹿言わないでよ。このまま帰れるわけないじゃん。わたし、お兄ちゃんを連れて帰るまで絶対に動かないから」

「わがまま言わないでくれ。志、いいこだから」

「いいこじゃないよ！」

お兄ちゃんがわたしに駄目だと言ったのは、あの日、お兄ちゃんに付いていこうとしたわたしを拒否した時だけだ。でも今になって思い返すと、上手く言いくるめられていたことも多いように思う。単純なわたしはお兄ちゃんにおだてられるとつい調子に乗ってしまうから、都合よく誘導するのも簡単だったはずだ。

けれどわたしはもう小学生じゃない。お兄ちゃんよりみっつも年上の高校生。いいこ、なんて言葉だけで納得できるわけがない。

何か……何かないのだろうか。

今を変えられる方法が。

「なあ、ひとつ提案があるんだが」

ふいに司くんが声を上げた。

睫毛《まつげ》は濡れたままだけれど、もうその顔はいつもの冷静さを取り戻している。

「取引をしないか、ヨゴト様」

わたしは眉をひそめ司くんを見上げた。

お兄ちゃんのことでは手に取るようにわかっていた司くんの心情が、今はまったく読み取れなかった。

『取引だと』

ヨゴト様が、わざとらしく瞬きをする。

「ああ。そもそもあんたのやっていることは取引だ。願いを叶える代わりに対価を支払う。そうだろ。だからおれもあんたと取引がしたい」

『して、内容は』

「瑛を返してもらうにはリスクがでかい。まあ、どっかの知らない他人を差し出せば済むことではあるが、さすがにそれでは後味が悪すぎておれたちには背負いきれないだろう。だから、瑛を返してもらうことは諦める」

は、と思わず口を開けた。ここまで来て諦めるだなんて。

「司くん、何言ってんの」

腕を引っ張る。けれど司くんはわたしに構わず続ける。

「だから、得たいものを変える。ヨゴト様、おれたちは、あんたの友達が欲しい」

『友を』

「ああ。あんた瑛のことを友と言っていただろう。おれたちに、あんたの友達をくれ。代わりは、おれたちだ」

ヨゴト様の目が線のように細くなった。一層作り物のようで恐ろしく見えたけれど、司くんは怯むことはなかった。

「そうさ。あんたの友を貰う代わりにおれたちがあんたの友達になってやろう。あんたが望むなら毎日でもこの祠に遊びに来てやる。瑛のようにあんたの領域に行き四六時中一緒にいてやることまではできないが、ひとりだった友がふたりになるんだ。悪くはないだろう。なんなら瑛も入れてもいい。そしたら三人だ。等価交換どころじゃないぜ」

司くんが不敵に笑う。

その横顔をわたしは見ていた。

体中に溜まっていた黒いもやもやが、一気に晴れていくようだった。

そうか。それなら。

それならわたしたちは、お兄ちゃんを取り戻せる。

「司、おまえ何を」

「瑛は黙っていてくれ。これはおれとヨゴト様との取引だ。そうだろ？」

『おまえたちが我のもとから離れないという保証は』

「言葉にしてあんたに誓えばいいさ。ひとでないものとの約束なんだ、言葉にするだけで十分固い約束となるだろう。ただし、永遠とは言えない。おれたちはいつか必ず死ぬ。ただ、この身が果てるその時まで、おれたちは友達だ。おれと瑛はともかく、志はあんたのおかげで、随分と長く生きられる保証があるみたいだしな」

司くんがわたしの背中を叩く。

何やら長生きして死ぬまで毎日拝みに行け、なんて、勝手に一番面倒な役割を押し付けられたようだけれど、構わない。この願いが叶うのなら、毎日でも、朝昼晩でもここに来よう。なんだったら美寄や龍樹も誘ってパーティーをやってもいい。嫌いになるくらい騒いであげよう。

『話にならんな』

けれど、ヨゴト様は司くんの提案をばっさりと切り捨てた。

「は？　なんでだよ」

『子ども騙《だま》しに乗ると思うな。そんなもので、我の宝を手放すものか』

「子ども騙しじゃねえよ。真っ当な取引だろうが」

『喚くな。何を言おうとそれには乗らん』

ヨゴト様はふいとそっぽを向いてしまう。司くんは何か言い返そうとしたものの、結局はくちびるを噛むことしかできず、鬼の形相でヨゴト様を睨んでいた。

「……そんな」

「仕方ないよ司、志。もういいんだ。すべてを思いどおりになんてできないって、おまえたちももうわかっているだろう」

お兄ちゃんは困った顔で笑い、首を横に振る。

やっぱり駄目だ。絶望は希望には変えられない。みんなで一緒に生きられる未来なんて、わたしたちにはない。

『だが』

うな垂れたところに言葉が続く。

のそりと顔を上げると、ヨゴト様はわたしのことを見ていた。

感情も生命もない、ガラス玉の瞳だ。けれど不思議と怖さはない。感情も生命も見当たらないのに、そこには奇妙なあたたかさがあった。

わたしたち三人が不器用な思いをぶつけ合っていたように、ヨゴト様から人間への、同じく不器用な愛のような。

『おまえたちの心には、面白いものを見た。確かにひととはそういうものだ。昔から変わらず、ずる賢く狡猾《こうかつ》で、幸福を求め、何かを愛さずにはいられない。我は、そんなひとを愛してしまった。我もまた、ひとと同じく、愚かなのかもしれないな』

わたしに向いていたヨゴト様の視線は、次に司くんを、そして最後にお兄ちゃんを見た。

『ユキ。ツカサ。そしてずっとそばにいてくれた、愛しい我が友よ。そこまで言うなら自分たちで運命を変えてみろ』

幼い声が通りに響く。

辺りは静かだ。いつの間にか、花火は終わってしまっていた。

「……ヨゴト様、それは、どういう」

『おまえたちと関わると面倒だ。アキラは好きだが、妹は煩《うるさ》くて敵わんし、友は不遜で意地が悪い。こんな奴らは嫌いだ。もう我はおまえたちに関わりたくはない。だから、おまえたちの運命にはもう触れない。ただし機会だけはくれてやろう。あとは変えたくば、己で変えろ』

ヨゴト様はお兄ちゃんに歩み寄ると、お兄ちゃんの額に人差し指を当てた。すると、ぼうっと何か紋のようなものが浮かび上がる。ヨゴト様がそこへ息を吹きかけると、紋は砂のように飛んで消えてしまった。

「……ヨゴト様」

『案ずるなアキラ。十分楽しませてもらった。これからおまえは新たな選択をせねばならん。覚悟し、生きろよ』

そしてヨゴト様は、わたしと司くんとを順に見る。

「ちょっと待って、どういうこと？」

何を言われているのか理解できなかった。これからどうなるのか。どこを、進むのか。

『ユキ、生きたくば生きろ。おまえの運命がどの道を進むかは、もう我にもわからない』

「何それ、わたし、どうしたらいいの？　みんなでいられるの？」

『おまえたち次第と言っている』

その言葉に、司くんひとりが頷く。

「なるほど、やり直せというのか、おれたちに。そして自分たちで望む道を作れと」

『ああ。だが、容易《たやす》くはないぞ』

ヨゴト様の右の手のひらがわたしたちに向けられる。小さな手の中心が、ぼうっと淡く光を放つ。

「上等だ。願いってのはやっぱり自分で叶えないとな」

「司、志……ヨゴト様、ありがとうございます……」

『礼を言うのは早いぞアキラ。運命はより、苛酷かもしれない』

強い風がひとつ吹き抜ける。

『七年の時を戻す代金は、七年分の記憶だ』

すると、景色のすべてが色を変えた。夜なのに光に満ち、でも空には満天の星が昇る。鮮やかな光が川を作り、流れる風に、体が乗る。

戻る、とふいに思った。何が戻るのかまではわからなかった。

『心は醜い。だが、おまえたちの深い愛は悪くはない。大切にするといい。その愛はいずれ、迷う足を踏み出す糧に、まだ見ぬ空へ飛ぶ翼に、己の願いを叶える力になるだろう』

司くんがわたしの左手を取り、お兄ちゃんが右手を握った。

ぐんと意識が引っ張られる。それでも最後に声がした。

『さらばだ。愛しい子たちよ。まっさらな地に、新たな道を己の手で切り開け』

「ヨ、ヨゴト様！」

そこに立つ、子どもの姿をした神様に、わたしは大声で叫ぶ。

「また来るよ。みんなで来るよ！」

ヨゴト様が、笑った気がした。

始まり

「先生、さようなら」

「はい、さようなら。気をつけて帰るんだよ」

楽譜と筆箱の入ったリュックを背負って、わたしは先生に手を振ってからピアノ教室を出た。

冬だと、ピアノが終わる頃にはもう真っ暗になっているけれど、今はぎりぎり夜の手前、っていったところだ。夏休みの間はもっと明るかったから、それに比べると、夜になるのがだいぶ早くなって来ているみたい。

いつもの帰り道をのんびりと歩く。今日のごはんってなんだっけ。オムライスだと最高だな。

道路の白い線を踏みながら、覚えたばかりの曲を鼻歌で歌ってみる。結構弾けるようになってきたから、今度お兄ちゃんに聴かせてあげよう。褒めてくれるといいな。先生やお父さん、お母さんに褒められるのも嬉しいけれど、お兄ちゃんにすごいって言ってもらうのが一番嬉しいんだ。

空の色は薄い青。あと紺とオレンジが混じっている。

急に、隣に大きな車が止まった。

びっくりして立ち止まると、男の人が車から出てきた。

知らない人だけれど、男の人は、わたしを見て笑った。

それから変な袋を被せようとして来たから、わたしは両手を振ってガードした。

「や、やだ！」

男の人の手から袋が飛んでいく。そしたらその人は、司くんがよくするような舌打ちをして、わたしの腕を強く掴んだ。

その手は振りほどこうとしても取れなかった。ぎゅうって掴まれて、骨が折れてしまうかと思った。

「痛い！　やめて！」

そう言っても聞いてもらえない。

男の人は車の後ろのドアを開けて、そこへわたしを乗せようとした。

怖かった。絶対に乗っちゃいけないと思った。でも大人の人の力には勝てない。男の人はわたしを抱えて、誰もいない車の中へ引きずり込もうとする。

嫌だ。

助けて。

助けて。

助けて。

「志！」

声がした。

驚いた男の人がぱっと手を離したから、わたしは震える足で、走って来るふたりのところへ向かって逃げた。

伸ばされた手に、手を伸ばす。

「お兄ちゃん」

この物語はフィクションです。実在の人物、団体等とは一切関係がありません。

沖田 円先生へのファンレターのあて先
〒104-0031　東京都中央区京橋1-3-1　八重洲口大栄ビル7F
スターツ出版(株) 書籍編集部 気付
沖田 円先生

すべての幸福をその手のひらに

2018年9月28日　初版第1刷発行

著　者　　沖田 円　

発 行 人　松島滋
デザイン　西村弘美
D T P　株式会社エストール
編　　集　篠原康子
　　　　　堀家由紀子
発 行 所　スターツ出版株式会社
　　　　　〒104-0031
　　　　　東京都中央区京橋1-3-1　八重洲口大栄ビル7F
　　　　　TEL　販売部　03-6202-0386（ご注文等に関するお問い合わせ）
　　　　　URL　http://starts-pub.jp/
印 刷 所　大日本印刷株式会社

Printed in Japan

ISBN　978-4-8137-0540-6　C0193

スターツ出版文庫　好評発売中!!

『僕は何度でも、きみに初めての恋をする。』　沖田《おきた》 円《えん》・著

両親の不仲に悩む高１女子のセイは、ある日、カメラを構えた少年ハナに写真を撮られる。優しく不思議な雰囲気のハナに惹かれ、以来セイは毎日のように会いに行くが、実は彼の記憶が１日しかもたないことを知る——。それぞれが抱える痛みや苦しみを分かち合っていくふたり。しかし、逃れられない過酷な現実が待ち受けていて…。優しさに満ち溢れたストーリーに涙が止まらない！

ISBN978-4-8137-0043-2 ／ 定価：本体590円＋税

『一瞬の永遠を、きみと』　沖田《おきた》 円《えん》・著

絶望の中、高1の夏海は、夏休みの学校の屋上でひとり命を絶とうとしていた。そこへ不意に現れた見知らぬ少年・朗。「今ここで死んだつもりで、少しの間だけおまえの命、おれにくれない？」——彼が一体何者かもわからぬまま、ふたりは遠い海をめざし、自転車を走らせる。朗と過ごす一瞬一瞬に、夏海は希望を見つけ始め、次第に互いが“生きる意味”となるが…。ふたりを襲う切ない運命に、心震わせ涙が溢れ出す！

ISBN978-4-8137-0129-3 ／ 定価：本体540円＋税

『春となりを待つきみへ』　沖田《おきた》 円《えん》・著

瑚春は、幼い頃からいつも一緒で大切な存在だった双子の弟・春霞を、５年前に事故で亡くして以来、その死から立ち直れず、苦しい日々を過ごしていた。そんな瑚春の前に、ある日、冬眞という謎の男が現れ、そのまま瑚春の部屋に住み着いてしまう。得体の知れない存在ながら、柔らかな雰囲気を放ち、不思議と気持ちを和ませてくれる冬眞に、瑚春は次第に心を許していく。しかし、やがて冬眞こそが、瑚春と春霞とを繋ぐ“宿命の存在”だと知ることに——。

ISBN978-4-8137-0190-3 ／ 定価：本体600円＋税

『神様の願いごと』　沖田《おきた》 円《えん》・著

夢もなく将来への希望もない高２の七槻千世。ある日の学校帰り、雨宿りに足を踏み入れた神社で、千世は人並外れた美しい男と出会う。彼の名は常葉。この神社の神様だという。無気力に毎日を生きる千世に、常葉は「夢が見つかるまで、この神社の仕事を手伝うこと」を命じる。その日を境に人々の喜びや悲しみに触れていく千世は、やがて人生で大切なものを手にするが、一方で常葉には思いもよらぬ未来が迫っていた——。沖田円が描く、最高に心温まる物語。

ISBN978-4-8137-0231-3 ／ 定価：本体610円＋税

書店店頭にご希望の本がない場合は、書店にてご注文いただけます。